CB076264

As MAIS 3

Patrícia Barboza

As MAIS 3
Andando nas nuvens

1ª edição

Rio de Janeiro-RJ / Campinas-SP, 2013

Editora: Raïssa Castro
Coordenadora Editorial: Ana Paula Gomes
Copidesque: Anna Carolina G. de Souza
Revisão: Luciana Estevam
Capa e Projeto Gráfico: André S. Tavares da Silva
Ilustrações: Isabela Donato Fernandes

Fonte da letra de música à p. 24: <letras.mus.br/glee/1557939/traducao.html>. Acesso em: 1/2/2013.
Fonte da letra de música à p. 78: <letras.mus.br/the-beatles/172/traducao.html>. Acesso em: 7/2/2013.

ISBN: 978-85-7686-224-6

Copyright © Verus Editora, 2013

Direitos mundiais em língua portuguesa reservados por Verus Editora. Nenhuma parte desta obra pode ser reproduzida ou transmitida por qualquer forma e/ou quaisquer meios (eletrônico ou mecânico, incluindo fotocópia e gravação) ou arquivada em qualquer sistema ou banco de dados sem permissão escrita da editora.

Verus Editora Ltda.
Rua Benedicto Aristides Ribeiro, 55, Jd. Santa Genebra II, Campinas/SP, 13084-753
Fone/Fax: (19) 3249-0001 | www.veruseditora.com.br

CIP-BRASIL. CATALOGAÇÃO NA FONTE
SINDICATO NACIONAL DOS EDITORES DE LIVROS, RJ

B195m

Barboza, Patrícia, 1971-
    As mais 3 : andando nas nuvens / Patrícia Barboza ; [ilustração Isabela Donato Fernandes]. - 1.ed. - Campinas-SP : Verus, 2013.
    il. ; 23 cm

    ISBN 978-85-7686-224-6

    1. Literatura infantojuvenil brasileira. I. Fernandes, Isabela Donato, 1974-. II. Título.

13-1378
CDD: 028.5
CDU: 087.5

Revisado conforme o novo acordo ortográfico

Impressão e acabamento: **Prol Editora Gráfica**

Carta aos leitores

Andando nas nuvens foi o subtítulo escolhido para o terceiro volume da série *As* MAIS, pois não existe sensação mais gostosa do que essa. Sonhar é uma capacidade de todo ser humano. E ainda mais legal do que sonhar é realizar esses sonhos. Não importa o tamanho deles. Também não importa se vivem dizendo por aí que você fica andando nas nuvens e se esquece da realidade. E quem disse que sonhar não faz parte dela?

Seguindo a ordem da sigla, a narradora desta vez é a Aninha, a linda loira de olhos azuis que adora ler e que tem o posto de mais estudiosa do quarteto. No volume anterior, o ciúme deixou todos de cabelo em pé. Dessa vez, o tema é mais ameno, mas fará com que o leitor reflita ainda mais sobre os seus sentimentos. Quando estamos crescendo, essa reflexão parece complicada, mas é necessária.

Quem é leitor da série já sabe: sou carioca com muito orgulho! Eu amo minha cidade e suas belezas e sinto um prazer especial em mencionar o Rio de Janeiro na história. Se tem uma coisa que me deixa feliz é caminhar no calçadão de Copacabana, Ipanema ou Leblon no fim da tarde. Ver o pôr do sol no Arpoador? Beleza sem igual. E, por meio da Aninha, falo um pouquinho de outra linda cidade brasileira: Porto Alegre. Existe coisa melhor para uma viciada em livros como ela do que visitar a cidade de Luis Fernando Veríssimo e Mário Quintana?

E tem outra coisa importante aqui: como tem gente que adora um drama, reclamar, apontar defeitos em si e nos outros, não é mesmo? Se está feliz, logo acha que vai aparecer alguma coisa para acabar com a felicidade. Por quê? Ser feliz virou crime e eu não fiquei sabendo?

Existem determinadas épocas da vida em que tudo parece dar certo. E que mal há nisso? Uma vez vi a seguinte frase na internet: "Não grite a sua felicidade, pois a inveja tem sono leve". Humm... Quer dizer que é proibido inclusive demonstrar que está feliz e que as coisas estão dando certo? Temos que ocultar as coisas legais para que não fiquemos "diferentes" das demais pessoas, para não incomodá-las?

Pensando nisso, resolvi lançar a seguinte campanha: eu quero realizar os meus sonhos, pois mereço ser feliz! Se você está atrás de chororô, drama, problemas de difícil solução, eu sinto muito, mas este é o livro errado!

E faço ainda mais um convite: Vamos andar nas nuvens? Eu já escolhi a minha, e você?

Patricia Barbosa

Sumário

1. A Fada da Troca de Personalidades 9
2. Amiga que é amiga dá puxão de orelha 17
3. Ele é de verdade? 25
4. Escolhendo caminhos 34
5. Você por aqui também?! 41
6. Quem não gosta de surpresas? 46
7. Novos tempos, novas conversas 53
8. Minha primeira reportagem 61
9. O presente inesperado 71
10. Andando nas nuvens 79
11. Bancando as turistas 89
12. Sonhos possíveis 98
13. Opinar *versus* criticar 106
14. Ele não está tão a fim de você 113
15. Ganhar nem sempre é chegar na frente 119
16. Dia dos Namorados 126
17. Quer ser voluntário? 132
18. *Internet Pop Music* 137
19. A Bruxa Manca e a Princesa Pé de Pato 143
20. A melhor festa junina! 147

1
A Fada da Troca de Personalidades

Início de ano agitado!

Eu mal pisquei e nós já estamos no fim de março. Três meses se passaram e tanta coisa aconteceu: início do ensino médio, retomada das aulas de jazz com a Mari e a Ingrid, o sucesso do Eduardo na internet, as crises de ciúmes da Mari e da Susana com os respectivos namorados, o novo jornal do CEM no qual serei a colunista cultural. E o mais importante disso tudo foi que descobri o que é me apaixonar de verdade.

Será que o posto de romântica das MAIS, que sempre foi da Ingrid, está ameaçado? Será que uma pessoa tem que ter apenas uma característica mais marcante e não pode desenvolver outros lados? Eu posso ser uma nerd romântica? Se não for assim, não sei o que fazer. Eu nunca me senti desse jeito antes. Não estou dizendo que a partir de agora serei louca por comédias românticas e comprarei tudo rosa como a fofa da Ingrid. Mas alguma coisa muito grande mudou dentro de mim. Cresci? Amadureci? Ainda não sei. Tudo está muito recente para eu conseguir explicar. Se é que existe explicação para o que anda acontecendo comigo.

Primeiro, tive um amor platônico de infância pelo meu primo Hugo. Como sempre fomos muito grudados, apesar da diferença de idade, acabei confundindo tudo na minha cabeça. E aí tive meu primeiro namorado oficial, o Guiga. Muita gente critica histórias que são vistas como clichês. Seria clichê ter um garoto da escola como primeiro namorado? Talvez sim. E isso acontece pela convivência diária, por estar mais perto e ter mais oportunidades de descobrir coisas em comum. Que atire a primeira pedra quem nunca suspirou e esperou ansiosamente pela hora do intervalo para encontrar o gatinho da classe ao lado! Ou que nunca tentou dar uma espiada na aula de educação física dele só para vê-lo atuando como goleiro do time de futebol. Acho que é quase um ritual de passagem de toda garota que larga as bonecas e descobre que os garotos não são tão chatos como ela pensava.

Eu gostava muito do Guiga, senão nosso namoro não teria durado mais de um ano. Mas infelizmente eu descobri que na verdade estava acostumada com ele. É horrível ter que confessar isso. Eu estava tão envolvida com as minhas coisas, como a presidência do grêmio, que não foi tão fácil perceber. Quando as férias vieram e tivemos quase dois meses de folga, pude enxergar melhor. O namoro tinha virado uma rotina que não estava mais me dando alegria, apesar de eu gostar dele.

Até que conheci o Igor, do curso de teatro da Mari. Quando o vi pela primeira vez, foi como um choque elétrico. Todos ficaram achando que eu tinha terminado o namoro com o Guiga por causa dele, mas não foi isso que aconteceu. Ao tomar aquele susto quando o vi, se é que posso classificar coisas românticas assim, percebi que aquele sentimento era totalmente novo. E que eu precisava viver aquilo, com o Igor ou com qualquer outro garoto que despertasse o mesmo em mim. Então, achei que seria mais honesto terminar com o Guiga. Arrumar outro namorado não é trocar uma roupa que não serve mais. É chato, mas muita gente pensa e age dessa forma. Sentimentos não são descartáveis. Eu precisava ficar sozinha primeiro para me entender. E, pelo tempo que ficamos juntos, acho que o Guiga merecia esse carinho. Sim, ser sincera com os nossos próprios sentimentos, mesmo que o outro não fique tão bem, como acontece no caso de um rompimento, é uma forma de dizer "Eu me preocupo com você". Pelo menos eu penso assim.

Quando terminei o namoro, claro, não foi uma das coisas mais fáceis do mundo. Mas, no fim das contas, vi que ele pensava da mesma forma. O Guiga aceitou bem minha decisão e o combinado foi de continuarmos amigos. Seria um pouco constrangedor a gente ter que ser ver todos os dias no CEM. Como os namorados das meninas também são do colégio, meio que existia um grande grupo de quatro casais que fazia tudo junto. E eu estava "quebrando a corrente". Vai ser um período de adaptação para todo mundo, mas acho que vai dar tudo certo.

* * *

Eu estava muito ansiosa pela festa de aniversário da Susana! Eu já estava conversando com o Igor pela internet. A gente já tinha saído uma vez, mas com as meninas junto, pois ele tinha nos convidado para assistir a uma peça de teatro que um amigo dele encenaria. Mas eu sentia que aquela vez seria diferente. Quando ele apontou na entrada do salão de festas, meu coração acelerou! Levantei e fui logo ao encontro dele, e, claro, as meninas ficaram me zoando. Bom, confesso que mereci ser zoada, porque eu praticamente saí correndo.

– Oi, Igor! – eu o surpreendi, já que pelo visto ele procurava algum rosto conhecido quando me viu. – Que bom que você veio!

– Oi, Aninha! – ele me deu um sorriso daqueles e me abraçou. – Que bom que vi você logo aqui na entrada. Achei que ia ficar meio perdido sem encontrar alguém conhecido. Nossa, que festa chique, hein?

– Chique mesmo! – concordei, sem conseguir tirar o sorriso bobo da cara. – E muito divertida também. Vamos para a nossa mesa? Todo mundo já está lá.

Quando chegamos, todos foram muito legais com ele. Logo que o Guiga apareceu, o clima ficou meio estranho, mas o Igor não percebeu. Ainda bem, porque seria muito constrangedor! Mas aí a gente começou a conversar e, como ele é muito comunicativo, logo já estava fazendo todo mundo rir. Será que todo ator é assim? A Mari é uma tremenda contadora de histórias engraçadas e ele vai pelo mesmo caminho. Eu sei que provavelmente estava com cara de apaixonadinha olhando para ele, mas era algo que eu quase não conseguia evitar.

Depois de um tempo, fomos dar uma volta pelo salão e pelos arredores. O salão é maravilhoso e fica num clube na Lagoa. Tinha uma varanda linda, e ela estava menos iluminada que o salão. Não que estivesse totalmente escura, mas era um lugar bem interessante para – como eu posso dizer? – encontros românticos. Pegamos um refrigerante cada um e fomos até lá.

– Você está linda, Aninha.

– Obrigada! – senti que corei, sendo salva pela pouca iluminação. – Você também está muito bem.

– Ah, que bom! – ele deu um suspiro de alívio e sorriu. – No convite dizia "traje esporte fino", e, para quem só anda de bermuda ou calça jeans, isso é quase roupa de gala.

– É bom sair da rotina, né? Estamos acostumados a ver o pessoal do colégio de uniforme todo dias e encontrar a galera arrumada numa festa é divertido. Tem gente que parece até outra pessoa, com outro jeito de andar e falar.

– Hahahaha! Verdade. Quase personagens de um filme. Ou um caso de dupla personalidade.

– E, por falar em personagens, faz tempo que você quer ser ator?

– Acho que desde pequeno. Minha avó começou a me levar em agências de talentos desde cedo, já que meus pais sempre estavam muito ocupados. Meus irmãos nunca demonstraram interesse por coisas artísticas, sabe? Querem ser dentistas, como os meus pais. Fiz muitas fotos publicitárias quando era criança, mas esse negócio de ser modelo não é a minha praia. Eu gosto de representar, por isso me matriculei no curso profissionalizante. Fiz aquela oficina com a Mari nas férias e estou levando nosso curso muito a sério.

– Eu sei, ela me contou – ri.

– Ela te contou? – ele fez uma careta engraçada. – Como assim?

– Ela me disse que você é muito sério nas aulas e que não erra nunca.

– Vocês andam conversando sobre mim, é? – ele sorriu de forma engraçada sem ser metido.

– Ãããã... – engasguei. – Um pouquinho. Ela comenta sobre todos os amigos do curso.

– Humm... Sobre todos os amigos... – ele brincou, e eu continuei engasgada olhando para ele, enquanto ele ria. – A Mari não mentiu. Eu adoro conversar, fazer palhaçada, zoar todo mundo. Mas, quando estou no curso, quero aproveitar ao máximo. Existe muita concorrência nesse meio e eu quero muito ser ator para perder tempo brincando nas aulas.

– Nisso somos iguais. Eu também levo as minhas coisas muito a sério.

– Eu sei, a Mari me contou – ele riu.

– Ah, ela te contou? – então foi a minha vez de fazer a mesma careta engraçada. – Vocês andam conversando sobre mim, é?

– Ela comenta sobre todos os amigos do CEM. – Ele abriu um sorriso lindo antes de tomar mais um gole de refrigerante.

– Humm... Sobre todos os amigos... – caí na risada e olhei para o salão. – O pessoal foi pra pista de dança. Você gosta de dançar?

– Adoro! – Ele me puxou pela mão. – Vamos!

Fomos para a pista e nos juntamos ao pessoal. A gente dançou muito! E como ele dançava bem. Tiramos muitas fotos com a galera, e o Eduardo fez um show especial, como presente de aniversário, para a Susana. Todo mundo foi ao delírio! Logo em seguida, partiram o bolo e nos sentamos para comer.

– Você não comeu nada até agora, Aninha! – a Mari fez aquela cara debochada como de costume. – Está doente?

– É mesmo! – a Ingrid resolveu entrar na brincadeira. – A mais comilona de todas nós ainda não provou os salgadinhos? Põe a mão nela, Mari! Acho que ela deve estar com febre.

– Querem parar de pegar no meu pé? Desse jeito o Igor vai achar que só penso em comida.

– Se você só pensa em comida, ganhou mais dez pontos no meu conceito! – o Igor bateu palmas e as garotas riram. – Onde a gente consegue esses salgadinhos? Fiquei com fome depois de dançar tanto.

– Ah, eu tenho certo privilégio com os garçons! Afinal de contas, sou o namorado da aniversariante, certo?! – o Eduardo fez cara de metido, provocando risadas na gente. – Vou pedir uns pra gente. Cantar também me deu fome!

A Susana estava tirando um milhão de fotos para o álbum de 15 anos, então ela não ia ficar com a gente tão cedo. Logo em seguida, um dos garçons chegou com uma bandeja cheia de salgadinhos maravilhosos, e eu, sem medo de ser feliz e passar vergonha na frente do Igor, abocanhei logo um de queijo. Que delícia! Mas, pelo jeito como ele fez a mesma coisa, era outro comilão. A Susana pode até ser a mais chique do grupo, mas proibiu a mãe de só encomendar aqueles canapés sofisticados e, para ser franca, cheios de frescuras, com nomes que ninguém faz a menor ideia do que são feitos. Até vi alguns sendo servidos por ali, mas a maior parte era deliciosamente feita de queijo e frango, e havia miniquiches de palmito dos deuses e pastéis de forno de camarão de comer rezando. Até eu que não engordo fácil, com certeza saí dali mais gordinha.

Por volta das duas da manhã, fomos embora. Foi uma das melhores festas dos últimos tempos! O pai da Mari ia me dar uma carona e o Igor ia pegar um táxi até Laranjeiras.

– Você vai fazer alguma coisa amanhã? – ele me perguntou, encostando de leve na minha mão.

– Não... – respondi, para falar a verdade, rápido demais. – Nada importante.

– Você não quer dar uma volta? Bom, acho que só vamos acordar na hora do almoço mesmo – ele riu olhando para o relógio.

– Concordo! – eu ri. – Acho que posso sair sim. O que você está pensando em fazer?

– Pensei em pedalar na Lagoa. Com todo esse visual aqui do clube, eu fiquei com vontade de voltar à luz do dia. Você curte andar de bicicleta?

– Adoro! – Amei a sugestão do passeio.

– Ótimo! Eu te ligo depois do almoço pra gente combinar.

– Vou ficar esperando, então.

Ele me abraçou e deu um beijo de leve nos meus cabelos. Os meus joelhos quase perderam a função naquela hora, já que as minhas pernas bambearam. Ele saiu na frente, pois já tinha recebido uma mensagem da rádio táxi avisando que o carro tinha chegado. Mas, ao se aproximar do portão, virou pra trás e me deu um tchauzinho.

— Humm, olha aí, Ingrid! Eu não deixava – a Mari já começou com as gracinhas dela.

— Não deixava o quê, Mari? – ela fez uma cara engraçada, entrando na brincadeira.

— Estão querendo roubar o seu posto de romântica do grupo, viu? Olha lá a Aninha com cara de boba alegre.

— Sai pra lá, loira! – a Ingrid me deu um tapinha de leve no braço. – Só porque um garoto que parece um Colírio da *Capricho* te chamou pra andar de bicicleta na Lagoa está toda se achando. Isso não é motivo suficiente pra roubar meu posto, viu? Tem que comer muito arroz com feijão ainda.

— Hahahaha! Boa, Ingrid! Adorei! – a Mari deu um escândalo de tanto rir.

— Minhas amigas são tão bobinhas – não aguentei e ri também. – Mas bobinhas adoráveis.

— Own, Ingrid! A loira está apaixonada de verdade! – a Mari zombou.

— Sério mesmo, Aninha? – a Ingrid estava eufórica.

— Ai, meninas... Acho que sim! – confessei até para mim mesma.

— Uhuuuu! – elas gritaram em coro.

— Ele está aprovado? – perguntei ansiosa.

— Bom, eu acho o Igor fofo – a Ingrid suspirou. – Mas tive pouco contato com ele por enquanto. Quem pode falar mais é a Mari.

— Xiiiii... A responsabilidade caiu pra mim, é? – a Mari fez careta. – Bom, eu aprovo totalmente! Ele é a sua cópia, Aninha! Todo ligado no 220 volts, se envolve em um monte de atividades, é nerd, adora falar difícil, concentrado no que faz e adora passeios diferentes, de acordo com o que fucei no perfil dele. Não era o que você queria? Sair da rotina?

— Ahhhh, quer dizer que a senhorita Mari Furtado andou fuçando o perfil do Igor? – perguntei, me fazendo de ofendida.

— Mas é mais do que óbvio que eu ia fazer isso! Fucei mesmo! – ela riu.

— Está certa, Mari! – foi a vez da Ingrid. – Até eu fiz isso.

— Mentira?! – caí na gargalhada. – Até você, Ingrid?

— Como assim "até você, Ingrid"? Não entendi... Não posso ter meu lado curioso?

– O que está acontecendo com as MAIS, hein? – a Mari botou as mãos na cintura de forma hilária. – A nerd virou apaixonadinha, a zen virou fuxiqueira... O que mais vai acontecer agora? Eu vou começar a praticar esportes como a Susana, e ela vai passar a levar tombos em lojas de departamentos?

– Quem sabe, Mari? – a abracei. – De tão amigas que somos, por que não acabar absorvendo as características umas das outras? Eu não vejo isso como uma coisa ruim.

Como eu adoro as minhas amigas! Ter uma coisinha ou outra de cada uma delas incorporada na minha personalidade não é nada mal, viu?

A festa tinha sido ótima. E, pelo visto, a tarde de domingo também prometia grandes emoções.

2
Amiga que é amiga dá puxão de orelha

Cheguei em casa e segui o ritual de beleza que a Susana vive repetindo para a gente: "Meninas, é expressamente proibido dormir com maquiagem! A beleza da sua pele agradece!" E lá fui eu limpar o rosto com um demaquilante da CSJ Teen que ela recomendou. Depois lavei o rosto com um sabonete especial para evitar espinhas. Ufa!

Às vezes, quando chego de alguma festa ou de outro evento que exige maquiagem, confesso que dá mesmo preguiça de fazer todo o ritual de limpeza da pele. Ainda mais quando estou com sono. Mas, especialmente naquele momento, quem disse que eu queria dormir?

Todo mundo em casa já estava dormindo, então tentei não fazer barulho. Claro que minha mãe não sossegaria enquanto eu não chegasse da festa, apesar de saber que eu voltaria de carona. Mas mãe é mãe, né? Quando ela viu que eu havia chegado sã e salva, praticamente desmaiou ao lado do meu pai, que já estava no quinto estágio do sono. Minha avó então, tadinha, já devia estar dormindo desde as dez da noite.

Eu não estava com sono, estava elétrica por causa da festa. E, claro, por causa do Igor. Preciso confessar uma coisa: sou louca pelo cabelo dele! Às vezes, coloco as mãos para trás ou na cintura de propósito, para evitar que elas resolvam ir por conta própria direto para o cabelo dele.

Não estou dizendo que estou estranha? Não consigo parar de pensar nisso! Mesmo com toda a expectativa do jornal do CEM e com o lance de saber se realmente a coordenadora Eulália vai ser a responsável. Claro que eu já tenho uma lista de sugestões de matérias culturais para o jornal. Mas normalmente eu estaria pensando *apenas* nisto: como escrever o melhor texto. E não em saber se o cabelo do Igor é tão macio ao toque quanto nos meus pensamentos insistentes. Ele tem aquele cabelinho caindo na testa, naturalmente liso e cheio. Preciso mesmo conversar com a Ingrid. Acho que em seus pensamentos mais românticos, uma garota imagina beijos de tirar o fôlego, ou declarações de amor inusitadas. Eu me imagino bagunçando aquele cabelo impecável do Igor.

Pensei em pegar um livro, mas estava elétrica demais para me concentrar em qualquer história. Resolvi ligar o computador para chamar o sono. Um monte de gente já tinha postado fotos da festa da Susana. Ela não postava já havia oito horas, de acordo com o perfil dela. Com todo o trabalhão da festa, claro que ela não ia aparecer tão cedo. Devia estar exausta.

Como era de esperar, havia dezenas de fotos do Eduardo cantando. Não sei como a Susana aguenta tanto assédio em cima dele. E olha que ele nem é tão famoso assim. Imagina quem é realmente famoso, a ponto de nem conseguir dar uma volta no shopping ou fazer coisas ditas normais, como ir à padaria da esquina ou a um restaurante. Minha amiga precisa mesmo ter uma estrutura emocional muito forte.

Dei uma olhada em fotos, citações de autores famosos, mil reclamações sobre a vida por terem passado o sábado em casa, piadas e notícias bizarras. Já estava pensando em desligar e pegar no sono na marra contando carneirinhos quando encontrei uma foto que havia sido postada cinco minutos atrás. Fiquei tão concentrada em bobagens que não tinha percebido justamente aquela foto! Pelo visto não era a única a não conseguir dormir às três da madrugada. O Igor tinha postado uma foto nossa! Quando ele pediu para tirar com o celular, não imaginei que postaria na internet. Ele falou: "Estamos muito lindos e elegantes, precisamos registrar esse momento". Tirei a foto sem pensar em nada, e meu coração disparou só de vê-la na tela do computador. "Eu e a Ana Paula, dona dos olhos mais azuis que já vi. Acabei de te ver e já estou com saudades." Eu simplesmente não acreditei naquilo! Li e reli a legenda umas três vezes. A foto estava mesmo linda e meus olhos eram duas enormes bolas azuis. Imediatamente salvei no meu computador. Meus dedos coçavam para comentar. Comento ou não comento? Se eu comentasse, acabaria escrevendo besteira, nervosa daquele jeito. E nessa de me decidir, eis que surgiu um comentário. De quem? Da Mari! "A minha amiga é realmente linda! Além de inteligente e um doce de pessoa. Quem conquista seu coração não sabe a sorte que tem."

Ai, eu ia matar a Mari! Mais indireta do que essa, impossível! Indireta? Imagina... Na verdade, está mais para tiro de canhão do que para indireta! Só podia ser essa maluquinha. E aí ele comentou: "Sorte? Discordo. É um presente". Agora mesmo que eu não ia comentar. Decidi fingir que não vi. Por enquanto. Mas chamei a Mari no chat.

Mari Furtado: Ah, você tá aí, loira? ☺

Aninha Fontes: Ai, Mari! Que mico! E agora, como vou olhar pro Igor?

Mari Furtado: Como? Ué, com os seus belos olhos azuis, amiga.

Aninha Fontes: Palhaça!

Mari Furtado: Hahahaha!

Aninha Fontes: Mas a foto ficou linda, né?

Mari Furtado: Ô se ficou! Viu? Ele já tá com saudades. Uhuuuu!

Aninha Fontes: Que nervoso!

Mari Furtado: Nervosinha? Relaxa e aproveita.

Aninha Fontes: Você sabe que eu não sou uma pessoa relaxada.

Mari Furtado: Não é porque não quer. Fica de bobagem querendo ser sabichona o tempo todo. Aproveita! Não vai querer virar bufão depois de velha e viver a adolescência depois da hora.

Aninha Fontes: Bufão?!

Mari Furtado: É! Hahahaha! Só sabe coisas cultas, né? Eu sempre tenho que ser a sua fonte de bobagens. Sinônimo de "bobo da corte". Quem me ensinou isso foi meu irmão. Mulheres bem mais velhas que já têm filhos grandes e estão separadas querendo mostrar pro mundo que estão curtindo horrores. Aí postam um milhão de fotos na internet, sempre nas baladas, suadas, com o cabelo grudando na cara e um copo de cerveja na mão. Crentes de que estão pagando de gatinhas, mas na verdade só estão fazendo o povo rir.

Aninha Fontes: Ai, que horror! Que maldade! Cada um faz o que bem entende da vida, não importa a idade que tenha. Poxa, Mari!

Mari Furtado: Ei! Não culpe a mensageira, mas a mensagem. Concordo com você que é maldade! Mas não precisa ficar postando coisas bizarras na internet.

Aninha Fontes: Ah, mas isso vale pra qualquer idade. É só ter um pouco de discernimento.

Mari Furtado: Olha, não vou ficar debatendo as regras de etiqueta da internet contigo às três da madrugada, Aninha! Não fuja do assunto.

Aninha Fontes: Não estou fugindo.

Mari Furtado: Está sim! Depois a doida das MAIS sou eu! Quer parar de bancar a certinha e a nerd o tempo todo? Adoro a sua inteligência e a dedicação com que faz as coisas, mas tenta relaxar uma vez na vida e aproveitar o momento!

Aninha Fontes: Você tá certa...

Mari Furtado: Claro que estou, meu bem. Você tem um gato aos seus pés que acabou de fazer uma declaração pública de saudades na internet! Sabe quantas garotas devem estar se rasgando de inveja neste momento?

Aninha Fontes: Será?! Não sei o que está acontecendo comigo. Bateu um medo inexplicável. Sabe aquela vontade louca de dar uma volta no trem fantasma, mas que vem acompanhada de um grande frio na barriga?

Mari Furtado: Medrosa! Que mico, hein? Ana Paula Nogueira Fontes bancando a medrosa? O Igor não é um monstro, sua maluca. É apenas um garoto. Faça um favor pra mim e pra você: vai dormir, descanse e esteja linda amanhã para o tal passeio na Lagoa. Boa noite, Ana Paula!

Aninha Fontes: Xiiii... Tomei uma baita bronca. Até me chamou pelo nome todo, melhor obedecer. Boa noite!

Mari Furtado: Bronquinha de leve, vai, loira! Agora vai para o seu sono de beleza, rsrsrs

Acordei por volta das onze da manhã. Tomei um banho bem demorado e me deliciei com um senhor café da manhã. Adoro o café dos domingos! Minha mãe sempre faz bolo e meu pai acorda inspirado e disposto a buscar pão fresquinho, queijo e biscoitos amanteigados.

– Mãe, talvez eu saia para andar de bicicleta na Lagoa hoje, tá? – perguntei, aproveitando que meu pai tinha ido cumprir o ritual dos domingos, ou seja, ler o jornal esparramado no sofá da sala. Apesar de ele ser legal, sempre fico com vergonha de falar sobre garotos na frente dele.

– Ah, que delícia de passeio! Você vai com as meninas?

– Na verdade, não...

– Hum. Namorado novo, filha? – ela perguntou, fazendo uma cara muito engraçada.

– Namorado? Não. Mas quem sabe um dia?

– É aquele garoto do curso de teatro da Mari?

– Esse mesmo! – eu ri. – O Igor. Ele foi à festa ontem e me convidou para um passeio hoje.

– Pode ir, mas não volte tarde. E nada de desligar o celular, viu? Amanhã você tem aula o dia todo e é melhor dormir cedo.

– Claro, você está certa. Imagina se vou desligar o celular, mãe? Que ideia...

– Eu já tive sua idade, lembra? Só que não tinha celular. Mas o que eu encontrava de orelhões quebrados pelo caminho... Se é que você me entende...

– Hahahaha! Deixa só a vovó ouvir isso. Que coisa feia, hein? – caí na risada. – Se ele me ligar como prometeu, vou tentar chegar em casa por volta das nove da noite.

– Tudo bem. Confio em você, eu estava só brincando.

Fazia tempo que eu não ficava tão aflita para o telefone tocar. Eu olhava toda hora para o celular. Até que finalmente o Igor ligou! Deixei tocar umas três vezes, para não parecer tão ansiosa. Tudo certo! Como ele estava na casa da avó em Ipanema, ficamos de nos encontrar às quatro da tarde na estação de metrô na saída da Praça General Osório. Ele pediu desculpas e sugeriu outro passeio, já que não pôde ir com a roupa adequada para andar de bicicleta. Perguntou se eu concordava com uma caminhada pelo calçadão de Ipanema até o Mirante do Leblon, que tinha uma vista fantástica. É claro que topei. Para falar a verdade, até achei melhor. Já que a Fada da Troca de Personalidades resolveu brincar com as MAIS, vai que a personalidade atrapalhada da Mari resolve incorporar em mim e eu pago um tremendo mico andando de bicicleta? Aquela cena do videoclipe do Eduardo já foi uma amostra de mico bem grandinha! Não. Melhor mesmo apenas caminhar pela orla.

Comecei a dar uma olhada no meu armário para escolher a roupa que ia usar. Mas eis que o telefone tocou de novo. Agora era a Susana.

– E aí? Já se recuperou da festa? – perguntei.

– Nossa, eu amei a minha festa! Mas estou morta de cansaço, nem vou sair de casa hoje, só quero ficar quieta no meu quarto. Coloquei vários travesseiros no encosto da cama, uma garrafinha de suco e biscoitos na cabeceira e o notebook no colo. Estou igual ao bicho-preguiça. Só vou levantar para ir ao banheiro, pois aí não tem muito jeito.

– Você merece esse descanso. Estou louca pra ver todas as fotos.

– Eu te liguei porque resolvi assistir a tudo de *Glee* mais uma vez! Desde o episódio piloto! E lembrei de você, Aninha!

Ela ficou viciada nessa série desde o início do namoro com o Edu, porque estava tentando se adaptar às dificuldades e aos desafios do mundo da música. E acabou viciando todas nós. O que eu mais gostei foi de conhecer músicas mais antigas, da época dos meus pais, em novas versões.

– Lembrou de mim ao assistir *Glee*? Hahahaha! Mas eu só canto no chuveiro.

– Nada disso, minha senhora! Sabe o Finn? Aquele bonitinho de cabelo castanho que é do time de futebol?

– Sei... Um lindinho!

– Ele cantou uma música maravilhosa e eu postei o link do vídeo no seu perfil na internet. Quero ver se as aulas de inglês do professor César Castro estão fazendo efeito mesmo, hein? Traduza a letra. Para você ficar inspirada para o primeiro encontro sozinha com o Igor.

– Você quer me deixar mais nervosa?

– Acabei de falar com a Mari. Ela disse que te deu uma bronca de madrugada. Muito merecida, por sinal. E eu não poderia deixar passar, né? Só que a minha bronca é em forma de música.

– Minha Nossa Senhora! As MAIS se juntaram pra me botar no paredão.

– Para de conversinha e vai lá! Assista e se inspire! Tchau e... boa sorte!

Fui curiosa dar uma olhada no tal link que ela tinha postado. A música era "Can't Fight this Feeling". Uau! Realmente, que música linda! Eu já tinha ouvido, mas não tinha prestado muita atenção. Então, obedecendo à ordem da Susana, traduzi a letra. Own... O que eu faço com as minhas amigas? Aperto todas? Ganhar bronca assim é muito bom. Vamos lá, Ana Paula, inspire-se!

Eu não consigo mais lutar contra este sentimento
E, no entanto, tenho medo de deixá-lo fluir.
O que começou como uma amizade tornou-se mais forte.
Eu só queria ter a força para demonstrar isso.

[...]

E eu não consigo mais lutar contra este sentimento,
Eu esqueci pelo que comecei a lutar.
Está na hora de trazer este navio para a praia,
E jogar fora os remos.
Pois eu não consigo mais lutar contra este sentimento.

3
Ele é de verdade?

Eu adoro usar sandálias, mas, já que a programação era caminhar pelo calçadão, coloquei um tênis vermelho superconfortável, bermuda jeans e blusinha azul com detalhes em vermelho. Tentei me arrumar de um jeito que ficasse bonita, mas sem dar muito na cara que tinha me produzido toda para encontrá-lo. Peguei o metrô em Botafogo e logo estava na saída do metrô Ipanema, como combinamos. Quando subi a escada rolante da estação, ele já estava me esperando. E rapidinho entendi por que ele tinha cancelado o passeio de bicicleta. Ele estava de calça jeans escura, camisa xadrez verde e preta e tênis preto. Lindo demais! Mas nada apropriado para pedalar.

– Oi, Aninha! – Ele me deu um beijo no rosto e sorriu. – Você é pontual.

– Pelo visto você também. Eu detesto me atrasar.

– Ah, eu também! Desculpa por ter mudado os planos na última hora? Eu tinha esquecido completamente esse almoço de família na casa da minha avó. Uma vez por mês ela faz um almoço especial para reunir todo mundo, adora a casa cheia. Ela é bastante exigente e tradicional, gosta de todo mundo arrumado. Não ia dar tempo de voltar pra casa e me trocar.

— Relaxa, Igor. Caminhar pelo calçadão também é um dos meus passeios favoritos. E hoje o dia está lindo! Fim de março, o outono já não deixa os dias tão quentes. Vamos?

Descemos a rua e logo estávamos na avenida Vieira Souto. O calçadão é mais estreito que o de Copacabana e tinha muita gente caminhando naquele horário, se espremendo entre os quiosques e a ciclovia.

Sabe, meu prédio não tem varanda, então eu costumo ficar babando pelos prédios que têm. Deve ser muito bom acordar e dar de cara com o mar! Adoro ficar admirando e comparando a beleza dos prédios da orla, mas a comparação que costumo fazer teria de aguardar. Outras observações interessantes roubavam minha atenção. Como perceber que o Igor tem fixação pelo celular, já que toda hora o tira do bolso.

Batia um ventinho gostoso, e, enquanto a gente caminhava, conversamos sobre um monte de coisas. Então, notei que todo aquele nervosismo tinha desaparecido. Ele me deixou completamente à vontade com o jeito comunicativo dele. Sabe quando você não tem medo de falar bobagens? Quando tudo parece ser muito natural? Quando você sente que pode ser você mesma, sem aqueles joguinhos de conquista tão comuns? As meninas estavam certas. Eu estava bancando a medrosa à toa.

A gente tinha muita coisa em comum. A certeza de querer correr atrás de um ideal, não gostar de perder tempo com coisas que possam tirar nosso foco, a vontade de conhecer o mundo, de ver outras paisagens.

Logo já estávamos no fim do Leblon e pegamos a subida pela Avenida Niemeyer para chegarmos ao mirante. E a vista ali é sensacional! O mirante é composto de uma parte de pedras e de uma plataforma de madeira. Ao centro, há uma fileira de coqueiros. Muitas pessoas estavam na mureta vendo o mar! Dava para ver toda a extensão da praia do Leblon, Ipanema e a ponta do Arpoador. Turistas com diversos sotaques e idiomas diferentes fotografavam a paisagem. Outros usavam binóculo.

A caminhada e a subidinha até o mirante me deixaram com sede. Fomos ao quiosque comprar água de coco. Estava geladinha! Sentamos numa mesinha próxima ao deque para apreciar a vista. Eu simplesmente não conseguia acreditar que estava ali com ele. Parecia que eu fazia parte de um daqueles filmes que a Ingrid adora. Um garoto lindo e um cenário sensacional.

– Logo o sol vai se pôr – ele apontou para o céu. – Prefiro a vista do Arpoador, mas daqui é lindo também.
– Você vem sempre aqui?
– Hahahaha! Parece aquela típica pergunta de balada – ele brincou.
– Verdade – fiz uma careta sem graça por causa da minha pergunta estúpida.
– Brincadeira. Pois é, eu gosto de caminhar. Isso me ajuda a pensar, sabe? Eu sou meio elétrico, como já deu pra você perceber. Não consigo ficar muito tempo parado! – ele riu. – Gosto de movimento.
– Eu também gosto de andar. Mas também adoro meus momentos quietos no meu quarto na companhia dos meus livros.

– Eu vi seu blog literário. É bem bacana. Eu gosto de ler, mas você ganha de mim disparado! Parabéns.

– Obrigada! Mas até que estou lendo menos, sabe? A nova rotina do ensino médio está mais puxada. Bem mais puxada, para ser sincera. E, além de tudo, vou fazer matérias para o jornal do CEM. Então desconfio que o blog terá menos atualizações este ano.

– Entendo, eu sei como é. O vestibular também vai consumir bastante meu tempo. No começo do ano eu tinha certeza de que queria cursar artes cênicas. Agora mudei de opinião e vou tentar Cinema. Mas não deixe de escrever, Aninha, você é muito boa nisso.

– Você acha?! – bateu aquele orgulho do tipo "Uau, estou me achando, pois ele elogiou meus textos".

– Claro que acho! Mesmo que você não consiga escrever sempre no blog, se tiver vontade de escrever alguma coisa, faça isso num caderninho. Guarde seus pensamentos para usar depois.

– Olha só! Que surpresa boa. Ganhei dicas de escrita.

– Eu gosto muito de ler sobre a vida de roteiristas. Por isso decidi cursar cinema. Já que o curso de teatro já vai me garantir o registro de ator profissional, resolvi estudar mais outras partes da arte. Eu adoro atuar, mas fico pensando em como as histórias são criadas. E vários roteiristas contam que as ideias surgiram do nada, no meio da rua. De repente, você pode anotar no celular ou gravar sua voz. Mas, como hoje em dia pegar o celular no meio da rua pode ser meio perigoso, melhor anotar num caderninho mesmo.

– E, por falar em celular, notei que, apesar de você ter dito que é perigoso, você o pega o tempo todo. Desculpa, mas é impossível não notar.

– Ihhh, você descobriu meu segredo! – ele riu. – É vício. Já me disseram isso. Como eu conheço muita gente, recebo recado toda hora. Fico curioso para saber o que é.

– Relaxa! A Susana é igualzinha. Só falta tomar banho com o celular. E qualquer dia desses vai afogar o coitado na privada, como a Mari adora falar.

– E se eu te disser que eu já quase fiz isso?

– Você está brincando?!

– Brincando?! Eu quase pirei. Eu tinha acabado de comprar. Ainda bem que aconteceu no banheiro de casa. – Ele falava de um jeito tão engraçado que eu quase chorei de tanto rir.

– Então... Será que é muito chato pedir para aquele guarda tirar uma foto nossa com o seu celular? – sugeri. – Aqui está tão lindo e a câmera do meu não é lá grande coisa. Acho que *ele* não vai roubar, né?

– Vou pedir!

Ele se levantou. E eu não conseguia parar de rir. O jeito que ele fala é muito engraçado. Parece que está encenando o tempo todo. Ele não só fala de um jeito cômico, como faz todos os gestos e expressões faciais. Quase um show de comédia stand-up.

O guarda aceitou bater nossa foto. E eu tive que prender a respiração para não cair na gargalhada. Ele passou o braço no meu ombro e me puxou bastante no abraço para a foto. Sorri e, quando o flash disparou, voltei a respirar. Nesse instante, pude sentir o perfume dele totalmente. Ele já tinha me beijado no rosto quando cheguei ao metrô, mas eu não tinha sentido, talvez pela ansiedade. Assim, de tão colados que ficamos, o perfume dele ficou praticamente carimbado em mim.

O sol se pôs, deixando um céu colorido. Mais e mais fotos eram tiradas pelos turistas. O Igor sugeriu que fôssemos a uma lanchonete ali perto que servia um hambúrguer gigante com batata frita. Aceitei na hora, lógico. Andamos umas duas quadras e o lugar era mesmo bem legal. Estava cheio, mas, assim que chegamos, por sorte vagou uma mesa para dois. Ele me mostrou o tal hambúrguer no cardápio e fizemos o mesmo pedido. Enquanto a gente aguardava, conversamos mais sobre como a festa da Susana tinha sido boa. Até que ele fez uma cara engraçada.

– O que foi? – perguntei.

– Eu adoro garotas sem frescura como você.

– Sem frescura?!

– É! Que topa comer um lanche desse tamanho sem ficar reclamando que vai engordar ou que está de dieta.

– Sabe aquela velha frase "Sou magra de ruim"? Ou a famosa "Sou um saco sem fundo"? É por aí.

– Que bom! Já vi que você vai ser uma ótima companhia pra comer. Porque eu adoro!

– Eu também! E sou viciada em jujubas.

– E eu em palha italiana.

– Aquele doce que parece brigadeiro, mas com biscoito maisena quebradinho dentro?

– Esse mesmo, Aninha! Minha mãe faz uma travessa gigante pelo menos duas vezes por mês. E ela deixa o brigadeiro mais mole pra comermos de colher. Da próxima vez que ela fizer, vou te convidar pra ir lá em casa.

Quase fiquei sem respirar. Eu ir até a casa dele para comer doce? Eu só sorri e disse um "ahã" meio pasmo, tentando disfarçar ao mesmo tempo. E agradecendo pelo serviço rápido daquele lugar, pois o assunto foi interrompido pela garçonete. O lanche era mesmo uma delícia.

O celular dele tocou. E, para meu espanto, a música era "Twist and Shout", dos Beatles! Era a mãe dele perguntando que horas ele ia chegar. Senti que ele ficou meio sem graça, mas meu olho arregalado não era por causa disso. Quando ele desligou, o comentário foi inevitável.

– Estou chocada!

– Com a minha mãe me ligando? Filho caçula é uma desgraça.

– Não! Hahaha! Com o toque do seu celular. Quase ninguém da nossa idade curte Beatles. Eu aprendi um pouco das músicas por causa da minha ex-professora de português, a Aline. Acredita que ela foi passar a lua de mel em Liverpool?

– Sério?! Meu pai ama os Beatles e eu acabei gostando por causa dele.

Que estávamos um a fim do outro já não tinha mais como negar. Apesar das inúmeras técnicas de conquista, ele ainda não tinha tentado nada de concreto. Um lado meu queria e o outro estava achando legal ainda não ter rolado nada. Foi a primeira vez que ficamos sozinhos, pois, além das poucas conversas pela internet, nossos encontros até aquele momento tinham sido em turma. Assim, pude conhecê-lo melhor. A conversa estava tão divertida e descontraída que, quando dei por mim, já era quase oito e meia da noite, e eu tinha prometido para a minha mãe que chegaria até as nove.

Ele entendeu que eu tinha horário para chegar e sugeriu que fôssemos de ônibus, pois estávamos distante do metrô. Dessa forma, ganharíamos tempo. Eu estava longe de esperar que dois estudantes que vivem de mesada andassem de táxi. Confesso que me sentiria mal sabendo disso e mesmo assim bancasse a garota fresca, fazendo o garoto gastar todo o dinheiro dele. E, mais uma vez, me surpreendi. Até andar de ônibus com o Igor é divertido. Sentamos num banco mais alto do fundão e ficamos observando as pessoas que entravam. E, mais uma vez, ele me explicou que era assim que os roteiristas tinham ideias para a caracterização de personagens, observando as pessoas nos atos mais simples do cotidiano. E que, se eu pensava em ser escritora e produzir textos que fossem além da função jornalística, aquele era um exercício bem interessante. Se eu quisesse falar de pessoas, deveria conhecer todas as suas faces. E, quando ele acabou de falar, fiquei babando ainda mais por ele. O Igor existe mesmo?

Como o ônibus também fazia rota para Laranjeiras, pensei que ele fosse seguir quando meu ponto chegou. Mas ele fez questão de saltar e me acompanhar até a portaria do meu prédio. Sei que não era o momento mais adequado para fazer esse tipo de comparação, mas como mandar na cabeça? Como eu estava acostumada com o Guiga, que mora a duas quadras de casa, pode parecer uma bobagem gigantesca, mas achei a atitude dele bonitinha. Ele ter feito questão de descer do ônibus só para me acompanhar até a portaria. Decididamente a Ingrid vai achar a coisa mais fofa de todos os tempos. Quando mostrei onde morava, ele me puxou pela mão para um pouco mais perto de uma árvore. Notei que ele queria nos tirar do campo de visão do porteiro, mas me fingi de boba e obedeci ao gesto dele.

– Eu adorei o passeio. Foi muito divertido – ele disse, ainda segurando minha mão.

– Eu também adorei. Confesso que acho os domingos chatos, mas hoje foi muito bom.

– Você viu a foto que postei hoje no meu perfil?

– Eu vi! Ficou linda. Até salvei no meu computador. Desculpa não ter comentado. É que fiquei meio sem jeito com a brincadeira da Mari.

— Eu não interpretei como brincadeira – ele falou sério, apertando os olhos.

Sustentei o olhar e meu coração disparou. Eu simplesmente odeio saber tantas palavras para uma redação da escola, a ponto de ter que reduzir para não ultrapassar o limite. E, num momento como esse, elas simplesmente fugirem da minha cabeça.

— Quando eu escrevi que já estava com saudades, eu não estava exagerando, ou tentando fazer uma legenda legalzinha para a foto. Era o que eu estava sentindo de verdade. E, depois de uma tarde tão legal como a de hoje, eu fico pensando em como vou aguentar até poder te ver outra vez.

— Eu também quero encontrar você de novo. Os meus horários são malucos e os seus também. Você tem algum dia livre durante a semana?

— Você vai fazer alguma coisa na quinta? É o único dia em que não tenho curso à tarde.

— Pra mim é perfeito – sorri.

— Só que da próxima vez em que a gente se ver, vai ser com outro *status*.

— Outro *status*?

— Sim. Esse.

Ele puxou meu rosto com as duas mãos sem que eu pudesse pensar e me beijou como eu nunca tinha sido beijada antes. Agora eu sabia exatamente como era um beijo de cinema. As minhas mãos ganharam a disputa com a minha consciência. Ele me abraçou durante o beijo, e eu permiti que minhas mãozinhas fizessem o que há tanto tempo eu evitava. Finalmente deixei que elas não só tocassem os cabelos dele, mas que se perdessem entre eles. E foi muito melhor do que eu imaginava!

Depois de um tempo que não sei calcular, quando o beijo terminou, ele me soltou do abraço e levou uma das mãos ao meu rosto mais uma vez. Ele sorriu e fez aquele jeito engraçado dele.

— Você está ferrada, dona Ana Paula.

— Estou? – controlei a vontade de rir, para não acabar com o clima. Dizer "ferrada" depois de um beijo daqueles não me parece fazer parte dos roteiros mais românticos.

– Seus dias nunca mais serão os mesmos.

– Hummm... – entrei na brincadeira. – Além de ator, você também faz previsões do futuro?

– Faço sim! – ele riu. – E posso prever que estarei na sua vida com muito mais frequência do que você poderá aguentar. Por isso eu disse que você estava ferrada.

– Acho que vale conferir para confirmar se você é um bom vidente.

– Depois não diga que não avisei. Quinta-feira será apenas o primeiro dia. Depois você vai confirmar se eu estava certo ou não.

– Pode deixar.

Entrei no prédio e ele seguiu para o ponto de ônibus. Que dia perfeito! Apesar da cara de curiosidade da minha mãe, eu disse apenas que o passeio tinha sido ótimo. Troquei de roupa e deitei de barriga para cima, olhando para o teto. Fiquei rindo sozinha. Foi uma típica cena de beijo de despedida. E que despedida!

Não sei por quanto tempo fiquei repassando na minha cabeça cada detalhe do que tinha acontecido. Até que resolvi ligar o computador. E, quando entrei no meu perfil, se já não estivesse sentada, teria caído de costas com a seguinte notificação: "Solicitação de relacionamento com Igor Meireles". Com a mão tremendo, cliquei em confirmar. Nova notificação: "Solicitação de relacionamento aceita".

E, naquele domingo, acordei no *status* "solteira" e fui dormir com o novíssimo "em um relacionamento sério com Igor Meireles".

4
Escolhendo caminhos

Quando atravessei os portões do CEM, dei de cara com a Mari, a Ingrid e a Susana de braços cruzados, com cara de bravas, me esperando. Já sabia que estava prestes a passar pelo pelotão de fuzilamento. Afinal, eu ainda não tinha contado nada para elas sobre o Igor.

– Bom dia, meninas! – tentei fazer a cara mais fofa do mundo.

– O que faremos com ela, Susana? – a Ingrid foi a primeira a falar. – Que tal uma penitência?

– Bem lembrado, Ingrid... – A Susana fez aquela cara típica de "deixa eu pensar em alguma coisa importante". – Acho que quinze voltas na quadra principal seria um bom começo. Assim ela ficaria bem suada e com esse cabelo loiro todo lambido.

– Acho melhor ela picar cebolas para ajudar na cantina. Ela não vive reclamando que a pobre da dona Zilda sempre faz poucas coxinhas para o lanche? Sinal de que precisa de reforços na cozinha – foi a vez da Mari.

– Vocês querem parar? – falei, dando um peteleco em cada uma.

Elas descruzaram os braços, se olharam e, de uma vez só, me atacaram para fazer cosquinhas. Minha mochila até caiu no chão! Além disso, ainda gritaram em coro:

– Tá namorando! Tá namorando!

Escolhendo caminhos

– Ai, desculpa, gente... – a Mari fez cara de metida e começou a rebolar. – "Eu estou em um relacionamento sério com Igor Meireles, o Colírio da *Capricho*."
– Pode loira mais metida que essa? – a Susana apertou as minhas bochechas.

– Você sabe que vou querer todos os detalhes românticos desse pedido de namoro, né? – A Ingrid pegou minha mochila do chão para me devolver.

– Claro que vou contar tudo! – caí na risada. – Fiquem tranquilas, meninas. Teremos um longo dia pela frente, lembram? Hoje temos aula até o fim da tarde.

– Ah, nem me lembre! – a Mari fez cara de tédio. – É por isso que as pessoas compartilham tanto o "Eu odeio segunda-feira" na internet. O dia inteiro de aulas hoje. *Argh!*

– Para de reclamar, dona Mari! – a Ingrid protestou. – Vamos logo que o César Castro já entrou na sala.

– Ah, filosofia! – a Susana fez uma cara engraçada. – "Uma vida sem desafios não vale a pena ser vivida."

– Humm, citando Sócrates! – alfinetei. – Estou querendo é ouvir as citações da mulherada, já que ele cortou o cabelo. Vimos o novo visual no sábado na aula de inglês. Ele ficou ainda mais parecido com o Clark Kent.

– Ah, vamos logo então! – a Ingrid deu pulinhos. – Pelo menos a segunda-feira vai começar divertida, com as garotas suspirando pelo professor César. Não canso de dizer que tenho uma invejinha da dose dupla que vocês têm dele. Aulas de filosofia e inglês com a mesma fofura de pessoa.

Uma das coisas mais estranhas foi encontrar o Guiga lá no fundão da sala. Se as meninas viram o *status* novo do meu perfil, com certeza ele também deve ter visto. Dei um tchauzinho e ele devolveu apenas um sorriso. Sabe aquele tipo que é pura contração muscular e nem mostra os dentes? Então, foi esse aí. Mas eu não tinha muito o que fazer a respeito, né?

Como já era previsto, as garotas nem disfarçavam os suspiros pelo César. Aquilo era muito engraçado. O mesmo filme, mas em "cinemas" diferentes. Era sessão suspiro no curso de inglês e no CEM. Ele não faz muito meu tipo, apesar de achar que ele tem seu charme. Imagina se as meninas o vissem falando inglês com sotaque britânico perfeito? Acho muito engraçada essa paixonite de alunas por professores. Paixonite totalmente impossível, vamos combinar.

Até minha mãe uma vez disse que também passou por isso. Uma senhora que trabalhava na casa dela fazia curso de alfabetização à noite. Numa noite em que choveu muito, minha mãe ficou com pena e foi buscá-la com um guarda-chuva extra. Quando viu o professor, se apaixonou na hora. E fingiu que não sabia nem ler nem escrever para se matricular na mesma turma. Hahahaha! Que louco! Claro que não deu em nada. Suspirar por amores impossíveis não tem época nem idade. Só o que muda é a trilha sonora.

E por falar em suspirar, apesar de o meu pensamento querer fugir o tempo todo para o Igor, me esforcei ao máximo para me concentrar nas aulas. Mas, o esforço só durou até a hora do intervalo. Eu, que estava louca por um bom salgado da cantina cheio de presunto e queijo, tive de gastar a boca falando em vez de comendo. E ai de mim se não falasse!

Contei tudo nos mínimos detalhes para as meninas, que dispensaram o Caíque e o Lucas sem a menor piedade. Os meninos aproveitaram a folga para jogar futebol. Conforme eu ia contando, foi um festival de "own" e "que lindo" que não acabava mais.

– Estou mesmo começando a gostar do Igor!

A Ingrid, claro, era a mais eufórica:

– Sabe o que eu mais gostei dessa narrativa toda? Não foi do beijo, muito menos do Mirante do Leblon. Foi ele te aconselhar e demonstrar interesse pelas suas coisas.

– Também gostei muito disso! – foi a vez da Susana. – Agarra o Igor e não larga mais, Aninha!

– Eu não vou me aguentar na aula de teatro, né? – a Mari fez uma cara engraçada. – Eu vou olhar pra ele e me lembrar de você, Aninha. Fica tranquila que serei sua fiel escudeira no caso de alguma daquelas alunas inventar de querer "periguetar" pra cima dele.

– Vocês me matam de rir! – finalmente consegui dar mais uma mordida e chegar à metade do meu salgado, faltando só cinco minutos para o fim do intervalo. – Agora é esperar até quinta-feira para mais um capítulo desse romance.

O dia foi pesado. E depois do almoço dá sono. Por mais que eu curta estudar, ficar o dia inteiro no CEM não é tarefa fácil. A gente sente mesmo a diferença do ensino fundamental para o médio. Agora tudo é voltado para o vestibular, para a carreira que queremos seguir. Eu sei mais ou menos o que gostaria de fazer, mas ainda assim fico confusa. Primeiro eu tinha certeza de que queria fazer letras. Agora já penso em comunicação social com foco em jornalismo. Mas será que até o fim do terceiro ano terei a mesma opinião? Tem muita gente que não tem a menor noção do que quer fazer...

Nas aulas da tarde, o professor Nelson soltou uma "pergunta-bomba".

– Vamos imaginar a seguinte situação. Um garoto que conheci prestou vestibular para engenharia, já que o avô e o pai eram engenheiros. Ele ficava fascinado pelo trabalho deles e estava certo de que era aquilo que queria para a vida dele também. E, além disso, tinha emprego garantido quando se formasse. Mas, passando da metade do curso, ele teve a oportunidade de conhecer outra carreira. Aí ele viu que estava totalmente equivocado. Era daquilo que ele gostava, só não tinha tido a oportunidade de saber antes. Mas ele ficou na dúvida se largava ou não o curso. Afinal, já tinha estudado bastante. Mas, depois de refletir, resolveu abandonar para fazer outra faculdade. O que vocês acham? Ele agiu corretamente?

– Acho que ele foi um tremendo de um burro! – o Maurício debochou. – Já tinha feito mais da metade do curso e tinha emprego garantido.

– Eu penso que ele agiu certo. Se ele percebeu que não gostava tanto assim de engenharia, melhor fazer outra coisa – foi a vez da Samanta. – O chato é ter que começar tudo de novo. Dá preguiça só de pensar.

– Mas ele já tinha emprego! – o Maurício continuou. – Ah, eu teria me formado. Garantia logo meu salário. Já pensou? Engenheiro ganha bem, ia logo comprar um carro. Mas e aí, professor? Qual foi a desse garoto? Ele fez o quê?

– Esse garoto se formou e está aqui na sua frente dando aula de biologia.

Sabe quando todo mundo começa a fazer barulhos estranhos com a boca ao mesmo tempo? O Maurício ficou pasmo.

– Desculpa, professor. Não queria ter chamado o senhor de burro.

– Maurício, eu fiz isso de propósito. Conto essa mesma história todos os anos, e a grande maioria tem a mesma reação. Sabe por que fiz isso? Porque vejo a cara de pavor de vocês quando se fala no vestibular. Ano após ano. Eu concordo que vocês são muito jovens para saber o que vão fazer pelo resto da vida. Sorte de quem já sabe!

– Mas e seu pai e seu avô? Eles ficaram chateados? – a Carla perguntou.

– Sim. Mas pensem comigo. Por que fazer uma coisa que você não gosta pelo resto da vida por causa do dinheiro?

– Mas o senhor concorda que tudo que a gente precisa custa caro, né? – o Maurício insistia no assunto.

– E por que não podemos ganhar esse mesmo dinheiro fazendo o que gostamos? Hoje eu seria um engenheiro completamente frustrado. E, no entanto, sou um biólogo totalmente feliz e realizado. Gosto de ser professor. Sei que talvez pela inexperiência, vocês pensem que uma vez feita a escolha, deveremos levá-la pelo resto da vida. Muito pelo contrário. Quero que entendam que o melhor profissional não é aquele que tem o maior salário, mas aquele que realiza suas funções da melhor forma porque quer, não porque é obrigado para ter o salário no fim do mês.

– E nada que é obrigação a gente gosta... – a Samanta disse mais uma vez. – Não vê que nos obrigam a ficar todas as segundas o dia inteiro no CEM?

– Enquanto vocês são estudantes, há regras que devem ser obedecidas. E, para o melhor desempenho de vocês, o CEM estabeleceu essa jornada. É cansativa? Sim, mas necessária.

– Mas de certa forma eu concordo com o Maurício, professor – a Samanta continuou. – Todo mundo quer ganhar bem.

– Eu contei meu caso apenas para que reflitam. Só quero que tenham em mente que errar é permitido. Todo mundo tem o direito de se enganar. Fez uma faculdade errada? Tudo bem, vamos partir para outra carreira.

– No ano passado, quando eu era do grêmio, ajudei a organizar um ciclo de palestras com profissionais de várias áreas – resolvi opinar. – Foi bem legal! O pessoal pôde ter noção de como era o trabalho de cada um.

— Excelente, Ana Paula! – ele sorriu. – Assistir a palestras é uma boa oportunidade. Sugiro que façam um teste vocacional. Pode não ser a solução dos problemas para todo mundo, mas acredito que vai abrir muito a mente de vocês para várias possibilidades. Bom, já dei meu recado de hoje. Falei apenas para deixar a cabecinha de vocês funcionado. Vamos partir para o capítulo sobre mitocôndrias agora.

E, antes de sairmos do CEM, recebi um recado da coordenadora Eulália dizendo que as reuniões do jornal seriam todas as terças na parte da tarde. Que, para não prejudicar o aproveitamento das aulas, tudo seria feito em horário fora da grade. Ainda bem que eu tinha esse horário livre! Já pensou? Finalmente o primeiro encontro. Já não aguentava mais de tanta curiosidade para saber como tudo aquilo ia funcionar.

Cheguei em casa morta de cansaço. Tomei banho, jantei e, antes de me preparar para dormir, não resisti e mandei uma mensagem para o celular do Igor. Ele não gosta tanto disso? Então aproveitei o vício. Queria do fundo do coração mandar uma mensagem mais melosa, mas preferi me segurar e ser bem basiquinha, apenas para mostrar que me lembrei dele.

> Como foi o seu dia? Espero que bom. Boa noite. Sonhe com os anjos.

Não deu nem trinta segundos e meu celular vibrou.

> Cansativo, mas bom. Sonhar com os anjos? Quero sonhar com você. Boa noite, linda

5
Você por aqui também?!

As aulas de terça passaram voando. Eu estava louca para chegar a hora da reunião do jornal. Estava indo para casa quando meu celular tocou. Era meu primo Hugo.

– Prima linda! – ele falou todo animado. – Já saiu do colégio?

– Já, estou indo pra casa. Por quê?

– Estou a duas ruas do CEM. Vamos almoçar naquele restaurante que você gosta? Tenho uma novidade e quero contar pessoalmente.

– Novidade? Hummm... Você sabe que sou curiosa, né? Claro! Eu te encontro na porta.

Liguei para casa para avisar que ia almoçar com meu primo. Quando cheguei ao restaurante, o Hugo estava com um sorriso tão grande que não sei como não teve dores musculares. Sentamos numa mesa ao fundo e fizemos nosso pedido. O restaurante estava cheio, já que nos arredores existem muitas empresas, e a maioria delas estava em horário de almoço.

– Adivinha? Eu consegui um estágio! – ele me sacudiu pelos ombros, causando risinhos nas mesas ao lado.

– Parabéns, primo! Nossa, que legal! Agora que o engenheiro vai começar a ralar, hein? Você tá preparado?

— Preparadíssimo! Começo na semana que vem. Hoje e amanhã são meus últimos dias na locadora.

— E como vai ser?

— A carga horária do estágio é de seis horas e fica a duas quadras da faculdade. Eu, que pegava trânsito todo dia, vou ganhar um tempinho para relaxar ou revisar as matérias.

— Muito bom! Estou orgulhosa de você.

— Mas parece que não sou só eu que tenho novidades, né? Você deu um chute naquele sem graça do Guiga e arrumou outro namorado.

— Ai, Hugo! Tadinho do Guiga. Ele é legal, só não dava mais pra namorar com ele. Mas ainda somos amigos.

— E quando é que vou conhecer esse tal de Igor? Você sabe que tem que passar no meu teste de qualidade. Não é qualquer marmanjo que se aproxima da minha priminha.

– Que bobo! Não sei, Hugo. O namoro ainda tá no começo. Não pressiona, senão o garoto foge.

– Tudo bem, vou esperar. Vou tomar uma pílula de paciência. E o ensino médio? Olha, apesar da correria, se precisar de ajuda em matemática e física, você sabe que pode contar comigo, certo?

Também conversamos sobre um monte de outras coisas. Ele ainda está namorando aquela cabeluda do dia da minha festa de aniversário. Eu só a encontrei aquela vez, pois ela não estava nas outras festinhas de família. Mas o namoro deles seguia firme e forte. Ainda bem que esse assunto não me incomoda mais. E o almoço foi tão bom e conversamos tantas coisas que quando vi faltavam só quinze minutos para a reunião. Eu queria trocar de roupa antes, mas teria que voltar de uniforme mesmo.

A sala reservada para a redação ficava no segundo andar, ao lado da biblioteca. Ao chegar, encontrei logo o Marcos Paulo do segundo ano, que seria o editor-chefe, e o Ricardo Alves, da mesma turma, que ficaria responsável pela cobertura das notícias esportivas. Logo em seguida, chegou o Marcelo Teixeira, do primeiro ano, que falaria sobre variedades. Eu seria responsável pelas matérias culturais.

Passados dez longos minutos, já que a ansiedade faz cada minuto parecer uma hora, a Eulália finalmente entrou na sala. E, para nosso espanto, ela não estava sozinha. Estava com o professor César Castro!

– Olá, crianças! – ela nos cumprimentou, puxando uma cadeira para ela e outra para o César. – Bem-vindos à nossa primeira reunião do *Jornal do CEM*. Como sabem, eu era a coordenadora do ensino fundamental e assumi este ano a coordenação do ensino médio. A criação do jornal foi ideia minha, mas, por conta de tantas responsabilidades, não terei mais como orientar vocês. Portanto, escolhi o professor César Castro para a função. Ele vai estar à disposição de vocês para o que precisarem. Mas não vou ficar falando o tempo todo não. Vou passar a palavra para ele.

Ele sorriu e nos olhou de forma bem descontraída.

– Vocês devem estar se perguntando o que um professor de filosofia está fazendo na coordenação do jornal. Dá para perceber pela carinha de vocês. Estão se perguntando, não estão? – ele riu. – Na verdade, tenho duas formações acadêmicas. Letras português/inglês e filosofia. Adoro as duas carreiras e não conseguiria escolher apenas uma. Primeiro cursei letras. Mal peguei o diploma e resolvi fazer a segunda faculdade, dessa vez filosofia. Realmente é difícil encontrar alguém que aos 27 anos já tenha cursado duas faculdades. Mas eu gosto de ser meio diferente mesmo...

– Nossa! – O Marcos Paulo estava realmente surpreso. – Você faz um monte de coisas! Como consegue dar conta de tudo?

– Hahahaha! Estou acostumado com essa pergunta. Minha mãe mesmo me questiona todos os dias, então já dá para ter uma ideia. Além das aulas de filosofia daqui, dou aulas de inglês, e por acaso sou o professor da Ana Paula aos sábados – ele falou, apontando para mim. – Sou ex-aluno do CEM e fiquei muito feliz de poder retornar como professor, e, embora muita gente não saiba, já tenho três livros publicados. Por isso, a Eulália acreditou que eu seria um bom orientador para vocês. Acho que vamos nos dar bem.

Quando ele falou que já tinha publicado três livros, senti que arregalei os olhos.

– Eu tenho um blog literário, conheço muitos livros, mas nunca vi nenhum com seu nome! Fiquei surpresa e muito curiosa.

– Ah, Ana Paula, você não deve mesmo conhecer os meus livros. São romances policiais, e eu assino com pseudônimo. Resolvi separar bem minhas duas personalidades, se é que posso classificar assim. A do professor César Castro da do escritor.

Eu estava em estado de choque. E tudo vinha ao encontro do que o professor de biologia tinha falado para a gente. Só que de forma diferente. Ontem ele testemunhou que temos todo o direito de mudar de carreira se estivermos insatisfeitos. Hoje, o César mostrou que podemos escolher várias opções ao mesmo tempo. Que se existe mais de uma coisa que nos motiva, sabendo administrar o tempo, podemos ter mais de uma carreira. Por que não?

Vou confessar uma coisa: nos meus quase 16 anos de vida, esse capítulo de "escolhas profissionais" foi o mais complexo que vivi até hoje. Se ele pertencesse realmente a um livro e me pedissem um resumo, teria dificuldades na redação. Escolher caminhos pode realmente ser uma tarefa complexa...

O César é muito mais legal do que eu imaginava. Ele é todo animado e cheio de ideias. Como esse seria o primeiro jornal do CEM, aos poucos tudo passaria por adaptações. Por sugestão dele, até mesmo pensando na experiência do Marcos Paulo, o jornal inicialmente não terá versão impressa, apenas online. Será criado um site com as funções de um jornal, e, caso o leitor goste de determinada matéria, poderá salvar no computador ou imprimir. Um jornal ecologicamente correto! Depois, se decidirmos por um jornal impresso, vamos ter que conseguir anunciantes ou patrocinadores para não gerar custos para a escola. E tudo deverá ser feito em papel reciclado, claro.

A princípio, o web designer do site do CEM também criará um layout para o jornal e nos ensinará como alimentá-lo com as notícias. Será uma espécie de blog, mas com um design diferente. O Marcos Paulo será responsável pela publicação das matérias dos repórteres, além de administrar os comentários e redes sociais ligadas ao jornal. Fiquei empolgadíssima!

Por falta de um fotógrafo, por enquanto os próprios repórteres ficarão com essa função. O professor César disse que disponibilizar alguém só para fotografar ainda não estava nos planos. Ainda mais porque pode haver mais de um evento na mesma hora. E, se o jornal for um sucesso como esperado, ele pensaria em escolher alguns colunistas. Na mesma hora pensei na Ingrid. Seria legal ter uma coluna que falasse de esoterismo? Vou ficar quietinha por enquanto... Se realmente isso acontecer, vou rapidinho falar com ela.

A primeira edição do jornal trará os nossos textos que já foram aprovados pela Eulália nos testes de seleção. Para a minha próxima matéria como repórter, vou visitar uma biblioteca pública e ver como funciona. O César nos tranquilizou dizendo que o texto das reportagens deverá ser o mais natural possível, mas escrito de forma clara e que prenda a atenção do leitor. Afinal, todos nós somos estudantes e é a chance de aprender. Que não ficássemos preocupados em escrever um texto igual ao de um profissional. Uau, eu amei! Como a Ingrid adora falar, eu fiquei *andando nas nuvens*.

6
Quem não gosta de surpresas?

Depois da reunião, eu saí do CEM feliz da vida! Adoro novidades e, pelo visto, participar do jornal seria bem divertido.

O que me deixou realmente animada foi a conversa que tive com o professor César depois que a reunião acabou. O pessoal já estava saindo quando ele me pediu para ficar mais dois minutinhos.

– Então você pensa em ser escritora, Ana Paula?

– Ah, professor, eu penso! Ainda não sei direito como fazer isso. Eu gosto muito de redação e já tenho experiência fazendo resenhas para o meu blog literário. Mas tenho certeza de que ler é bem mais fácil que escrever.

– Escrever pode ser viciante! Você tem o poder de vida e morte dos personagens. Imaginar as cenas, os figurinos, os cenários, os diálogos e conflitos. Ler também é uma arte e é fascinante, já que você se torna muitas vezes amigo daqueles personagens e imagina tudo dentro da sua cabeça. Criar é algo complexo e exige atenção, pesquisa e dedicação. Mas é muito, muito bom!

– Será que um dia eu vou conseguir?

– Por que não? Você só vai saber se tentar. E experiência de leitura você já tem.

– Posso fazer uma pergunta indiscreta? – senti que corei quando falei.

– Indiscreta?! – ele riu. – Pode. Agora fiquei curioso.

– Você sabe que tem um fã-clube aqui no CEM, né? – ele caiu na risada quando perguntei. – Por que você não contou pra ninguém que é escritor? Se as meninas souberem, vão querer correndo seu autógrafo. Eu já fui a dezenas de sessões de autógrafos. Os fãs ficam horas na fila, ficam loucos para tirar uma foto com seu escritor favorito. Mas você preferiu o anonimato...

– Sua pergunta é interessante. Eu gosto de contar história, e, do meu ponto de vista, a melhor forma de fazer isso é por meio de um livro. Acho legal esse interesse dos leitores pelos escritores. Mas o que eu gosto mesmo é de dar aula. Um escritor tem uma vida corrida, sabia? Pensa que é só escrever? Nada disso. Viaja muito, dá palestras, participa de feiras e bienais, vive em aeroportos e na maior correria. Se eu quisesse me dedicar somente aos livros, tudo bem. Acho muito válido! Tenho amigos que são escritores e estão muito felizes. Mas isso me tiraria meu maior prazer, que é estar dentro da sala de aula. Nesse caso, apesar de eu conseguir ter várias atividades ao mesmo tempo, acho que não daria conta. Posso mudar de ideia um dia? Sim, posso. Por enquanto, gostaria de me manter no anonimato mesmo. Nem minha foto na orelha do livro eu autorizei colocarem, só um e-mail de contato.

– Entendi...

– Quando você sentir vontade de começar a escrever, pode contar comigo. Eu posso te ajudar.

– Jura?! – eu quase gritei. – Obrigada, professor! Eu vou querer sim. Se eu me decidir mesmo, falo com você.

Voei para casa para arrumar meu quarto. Marquei com as meninas de fazer trabalho de história à noite. Por causa do horário do curso de teatro da Mari, marcamos às 19h30. Já estava tudo mais ou menos adiantado, só faltava montar e juntar as partes que cada uma tinha feito. Bem, na verdade, a gente nem precisaria marcar de se encontrar para terminar o trabalho. Mas, como todas nós estamos com a agenda cheia de compromissos este ano, arrumamos um motivo para nos reunirmos fora do CEM.

Por volta das sete da noite meu celular vibrou. Mensagem do Igor.

> Aninha, tô indo pro futebol no clube. Já tô sabendo que hoje vai rolar uma festinha de meninas aí. Hehehehe. Eu tenho uma espiã. Divirtam-se! Contando os minutos pra quinta. Bjs

Eu simplesmente adoro esses recadinhos!

Quando as meninas chegaram, levei cachorro-quente e refrigerante para o quarto. Fiz um resumo da reunião do jornal e elas ficaram animadas. Mas não era só eu quem tinha novidades.

– Meninas, preciso contar uma coisa! – a Ingrid nem bem começou a falar e já estava rindo. – Descobri que a Jéssica é a maior fã da Mari.

– Minha fã?! – a Mari quase engasgou. – E o que foi que eu fiz pra sua irmãzinha ser minha fã?

– Um comercial para a tevê, lembra?

– Claro que lembro, ora bolas – ela fez uma careta. – Mas isso é motivo para ter fãs?

– Pelo visto sim! – a Ingrid continuou. – Deixa eu contar... Fui procurar meu sutiã e cadê? Pensei logo que a Jéssica tinha pegado, já que ela adora colocá-lo na cabeça, como todo mundo já sabe. E quando eu cheguei ao quarto dela, ela estava de costas para a porta falando ao telefone. Escutem só o papo: "Então, Juliana! A Mari, daquele comercial do carro Leben que passa na televisão, é minha amiga. Ela está sempre aqui em casa. Se quiser um autógrafo, é só falar comigo que eu pego pra você".

– Mentira?! Hahahaha! Eu dando autógrafos?

– Aeeeeeee, hein? – a Susana começou a zoar a Mari. – Meninas, vamos pegar logo o nosso, antes que a gente não consiga mais. Vai que depois ela começa a cobrar?

– Larga de ser palhaça, varapau! – a Mari fingiu que ia bater nela.

– Ah, eu achei tão fofo! – a Ingrid continuou. – Ela tá se achando a amiga da famosa. A minha irmã é mesmo uma figura.

– Sua primeira fã, hein? – eu entrei na brincadeira. – Já começou a treinar os autógrafos?

– Como assim, loira? – ela fez cara de confusa.

– Já tem uma assinatura? – continuei. – Afinal de contas, atrizes dão autógrafos, minha querida! Tem que ter uma assinatura.

– Tenho, é? Eita! Eu não tinha pensado nisso. Ah, eu tenho uma novidade, meninas! Recebi uma proposta para mais um comercial.

– Ah, que legal! – a Ingrid bateu palmas. – Agora a Jéssica monta um fã-clube mesmo.

– Pior é que eu não sei se vou aceitar.

– Não vai aceitar? – falei com boca cheia de pão. – Por quê?

– Digamos que... – ela fez uma cara muito engraçada – eu posso ser zoada até o fim dos meus dias por causa disso.

– Ai, meu Deus! – a Susana sacudiu a Mari pelos ombros. – Fala logo de uma vez.

– Então... É um comercial de remédio para cólica menstrual – a Mari finalmente falou.

– E o que tem isso de mais? – a Susana fez cara de espanto.

– O que tem de mais?! Simplesmente as pessoas vão olhar pra minha cara e dizer: "Ah, tá menstruada, né?" Ou então: "Ih, tá com cólica, minha filha?"

– Só na sua cabeça! – eu falei.

– Hummm, eu acho que entendi o que a Mari quis dizer – a Ingrid fez cara de desconfiada. – Por mais que a gente viva num mundo dito moderninho, infelizmente isso ainda é um assunto muito íntimo. Eu conheço garotas que odeiam que percebam que elas estão menstruadas, especialmente os garotos. Eu sou uma delas. Entre meninas, tudo bem. Mas eu fico com vergonha que os meninos saibam.

– Jura? – foi a vez da Susana. – Canso de ver as garotas postando nas redes sociais que estão com cólica, para o mundo inteiro saber. E fazem isso de graça! Hahahaha! E você, Mari, ainda será bem paga pra isso.

– Que mico! – a Mari fez cara de coitada. – E tenho dois dias pra dar a resposta. Não sei o que fazer. O cachê é bom, não tanto quanto o do carro alemão, mas é uma graninha bem interessante. E tem outra coisa. Como será que a Jéssica vai entender esse comercial? Ela sabe o que é isso?

– Claro que sabe! – A Ingrid falou de um jeito que a gente caiu na risada. – O que a Jéssica não sabe? A minha mãe explicou e ela achou o máximo. Louca pra que isso aconteça logo com ela.

– Ai, crianças, não sabem o que dizem! – a Mari levou as mãos à cabeça. – E eu querendo esquecer que isso existe. Cólica, dor de cabeça, olheiras...

– Como a Mari é dramática! – a Susana balançou a cabeça.

– Se não fosse dramática, não seria ela – eu falei.

– Aceita logo, Mari! – a Ingrid pegou mais um cachorro-quente.

– Bom, antes de decidir se vou aceitar ou não esse trabalhinho – ela levantou para pegar a mochila –, eu tenho um presente pra loira aqui.

Ela fez uma cara muito suspeita e tirou um embrulho dourado de dentro da mochila. Então, ficou fazendo malabarismos com ele, rebolou, mandou beijinhos para, enfim, me entregar. As meninas esbugalharam os olhos esperando que eu abrisse. Eu já estava prevendo de quem era. Eu tenho uma pena de abrir presentes... Com toda a delicadeza do mundo, tirei a fita adesiva e abri. Um caderninho! Lindo, lindo, lindo... Desses que a gente pode carregar na bolsa, de capa dura com espiral. Na ilustração da capa, várias folhas de fichário jogadas com canetas em cima. Ele se lembrou da nossa conversa. Quando abri, encontrei a dedicatória.

> *Para ajudar na inspiração da minha futura escritora.*
> *Com amor,*
> *Igor*

– Para tudo, gente! – a Susana praticamente arrancou o caderninho da minha mão. – Esse garoto tá pegando pesado, hein? Começou dando um presente desses para a garota que adora escrever. Direto no ponto fraco. Para ser mais completo, só faltou um pacote de jujubas.

– Ai, que lindo! – peguei o caderninho de volta. – Agora vou andar sempre com ele.

– Ah, o amor! – a Ingrid fez aquela típica cara fofa. – O negócio tá tão lindo que nem estou me importando de dividir o posto de romântica das MAIS. A tal da Fada da Troca de Personalidades está fazendo um bom trabalho, vamos combinar!

– Eu já avisei! – protestei. – Não vou começar a usar tudo rosa e a suspirar em comédias românticas. Mas que isso foi fofo, ah, não tem como negar.

– E foi só um encontro com ele até agora, hein? – foi a vez da Mari. – Mas, agora falando sério, já que eu só falo piadas. Um caderninho desses é barato. O fofo do presente não é o valor material, mas o cuidado que ele teve de dar algo que realmente tenha um valor sentimental. Essa loira tem o poder, gente!

– E que poder! – a Susana me descabelou. – Quem diria... A mais nerd de todas, que quer ser apenas razão, é derrotada pela emoção.

– Hummm, que jeitinho mais poético de falar – a Mari debochou. – A atleta poeta! Olha a fadinha atuando aí de novo. Eu estou me divertindo tanto com tudo isso...

– Gente, meu lado esotérico apitou na minha cabeça! – a Ingrid falou quase que num susto. – Aninha, você não vê os sinais? Primeiro, o coordenador do jornal é justamente o César Castro, que é escritor e se ofereceu pra te ajudar. Agora você arruma um namorado que não só acha muito bacana tudo isso, como ainda te dá um presente desses. É ou não é o cosmos conspirando a seu favor? Ai, até fiquei arrepiada...

Não sei se a gente estava falando muito alto, mas minha avó abriu a porta e sorriu para a gente.

– Tudo bem, meninas?

– Oi, dona Miriam! – a Ingrid levantou para beijá-la. – Como vai a senhora?

– Tudo bem. Vida de velho é sempre igual. Querem mais lanche?

– Ainda tem aqui, vó. Obrigada.

Ela saiu e ficamos rindo baixinho.

– Será que a bagunça era tanta que ela veio conferir se a gente ia derrubar o prédio? – Mari e suas perguntas malucas.

– Aninha, sua avó é nova ainda. Até mais nova que a minha. Por que ela nunca sai? – a Susana perguntou.

– Depois que o meu avô faleceu, ela ficou assim. Já vai fazer três anos. Ela morava em Blumenau e veio morar aqui com a gente para não ficar sozinha, porque a minha tia trabalha e viaja muito. Já fizemos de tudo para ela se animar, mas ela só quer ficar em casa.

– Estou tendo uma ideia aqui... E se eu a apresentasse para a minha avó? Será que elas ficariam amigas?

– Verdade, Susana! – a Ingrid concordou. – Lembro que sua avó também ficou meio triste assim, mas agora já tá até fazendo dança de salão e se divertindo.

– Será? – fiquei na dúvida. – Vou conversar com a minha mãe. Acho que pode ser uma boa ideia.

– Gente, o papo está divertidíssimo, mas vamos ao que interessa? – a Mari pegou meu notebook e deu uma olhada no relógio. – Vamos terminar logo o trabalho? Estou morta de cansaço e louquinha pela minha cama.

Concluímos o trabalho e o entregamos no dia seguinte. A quarta-feira passou voando, ainda bem. Logo chegaria quinta e meu segundo encontro com o Igor.

7

Novos tempos, novas conversas

O tempo resolveu ficar chuvoso justamente no dia que mais esperei. Mas decidi que nada ia abalar meu humor. Então, coloquei uma blusa de manga comprida, mas de uma malha mais fininha, porque não estava tão frio assim. Escolhi minha bota de cano curto para ajudar a andar na chuva e dei uma caprichada na maquiagem. Nada como a da festa da Susana, mas passei pelo menos sombra e rímel. Combinamos de ir ao cinema e depois fazer um lanche no shopping. Como era dia de semana, eu não podia chegar tarde em casa porque tinha aula no dia seguinte. Mas consegui negociar o mesmo horário do domingo, às nove. Adoro morar praticamente ao lado do shopping!

Mais uma vez ele foi pontual. E, como se eu nunca tivesse namorado antes, fiquei meio na dúvida de como cumprimentá-lo. Para minha sorte, ele se adiantou e me beijou carinhosamente nos lábios.

– Você está ainda mais bonita que da outra vez. Como pode?

– Para de ser bobo! – eu ri.

– Vamos comprar os ingressos? – ele pegou na minha mão. – Pode ser que tenha fila, e o filme começa em meia hora.

Enquanto caminhamos para o cinema, fomos conversando sobre os acontecimentos da semana. A minha foi puxada, mas acho que a dele foi ainda pior. Além do estresse do vestibular, ele ainda teria as provas do ENEM. O Igor fez no ano passado, como experiência, e até conseguiu boas notas. Mas vai repetir o exame este ano para tentar subir a pontuação e, quem sabe, com isso conseguir uma bolsa na faculdade. E o curso de teatro também está puxado. Sei um pouco mais por causa da Mari, e ele disse ainda que vão encenar uma peça no fim do semestre.

Na fila para comprar os ingressos, mais uma vez notei o vício no celular. Ele fica checando o tempo todo. Responde alguma coisa e volta a colocar no bolso. Tudo bem que a Susana é uma tremenda viciada, ainda mais na época em que o Edu lançou o videoclipe. Agora até que ela deu uma melhorada. Mas será que todo mundo é assim, ou eu passei a perceber mais por causa do Igor, já que tenho uma sensação chata de que estou competindo sua atenção com o celular? De repente a errada sou eu, que nem tiro o aparelho da bolsa.

Sempre tem uma estreia legal no cinema, e acabamos comprando ingressos para uma comédia brasileira. Adoro! A gente se divertiu muito, mas confesso que perdi algumas cenas. É que nos beijamos várias vezes, e eu decididamente resolvi que, se as minhas mãos gostam de ficar no cabelo dele e ele gosta que elas fiquem por lá, não tenho mais por que ficar me controlando. Ai, meu Deus...

Depois do filme, dividimos uma pizza. É impressionante como a gente não consegue parar de falar. Como temos assunto! Ah, sim. E de se beijar também.

Mais tarde, como da outra vez, ele me levou até a portaria do meu prédio. E, quando chegamos, tomei um baita susto: minha mãe estava ali e nos viu. Sabe aquele momento típico de toda garota com namorado novo que quer se esconder da própria mãe? Acho que pela primeira vez estava passando por isso. Mas ela nem percebeu minha agonia, achou muito natural ir lá nos cumprimentar.

– Igor, essa é a minha mãe, Helena.

– Muito prazer! – ele a cumprimentou com um beijo no rosto.

– O prazer é todo meu – ela sorriu simpática. – Vocês não querem subir?

– Obrigado pelo convite, mas tenho mesmo que ir. Tchau, Aninha! – ele me beijou no rosto, provavelmente com vergonha da minha mãe.

– Tchau, Igor. Depois a gente se fala. Adorei o cinema.

– Eu também – ele deu aquele sorriso lindo. – Vamos repetir. Tchau, boa noite. Boa noite, dona Helena.

Eu o vi se virando a caminho do ponto de ônibus e, por dentro, morri de pena de não ter ganhado meu beijo de despedida. Como o da outra vez tinha sido cinematográfico, esperava alguma coisa do mesmo nível.

– O que você estava fazendo na portaria, mãe? – não resisti e perguntei.

– Vi que tinha uma correspondência errada no meio das nossas. Como era conta pra pagar, já bastam as nossas! Então, resolvi entregar logo para o porteiro. Por quê?

– Por nada... – tentei disfarçar enquanto empurrava a porta do elevador do nosso andar.

– Você ficou com vergonha porque vi vocês e resolvi cumprimentar, né? – ela riu.

– Um pouquinho... – corei.

– Vamos conversar sobre isso?

Eu adoro a minha mãe, mas tenho essa dificuldade para falar de assuntos amorosos, até com as MAIS. Não sei por que tenho essa trava. Quando namorei o Guiga, meus pais o conheceram. Vez ou outra, ele vinha aqui em casa, mas esse eu posso classificar como realmente sendo namoro de escola. Não que isso diminua sua importância. A gente se via todos os dias no CEM, a manhã inteira praticamente. E eu era muito dedicada ao grêmio e aos estudos. Tanto que, quando me candidatei, ele teve uma crise de ciúmes. Eu gostava do Guiga, mas meus pensamentos eram muito mais voltados para os assuntos do colégio. Agora, sinto que tudo está mudando.

Entramos no quarto e ela fechou a porta. Já comecei a ficar nervosa. Sentei na minha cama e ela, sorrindo, se sentou na outra ponta.

– Mãe, que tipo de conversa você quer ter comigo? Não vai dizer que são *aquelas* conversas?

– Aninha, você é muito engraçada! – ela largou o chinelo no chão e cruzou as pernas sobre a minha cama. – Não vou dar nenhum cursinho intensivo sobre como se proteger de uma gravidez indesejada ou falar sobre doenças sexualmente transmissíveis. Já conversamos sobre isso e eu confio muito no juízo da minha filhota.

– Então o que é? – suspirei aliviada, mas mesmo assim a curiosidade aumentou.

– Quero falar sobre algo ainda mais complexo do que isso... – ela fez suspense, arregalou os olhos e, como percebeu que eu poderia ter um ataque de pânico a qualquer momento, finalmente falou. – Quero conversar sobre o que está acontecendo aí dentro do seu coração. Conheço muito bem minha filha única e sei que algo grandioso e diferente está se passando. E quero que saiba que eu, antes de ser sua mãe, sou sua melhor amiga. E nem venha me dizer o contrário. Adoro a Mari, a Ingrid e a Susana, mas não vou ceder meu posto não – ela falou rindo de uma forma muito engraçada.

– Eu estou diferente? Dá pra notar tanto assim? – fiquei confusa.
– Se está diferente? Nossa! Todos os seus poros estão gritando.
– Jura?!
– Eu amo sua avó, Aninha. Uma mãe dedicada, amorosa e sempre preocupada com as necessidades dos filhos. Mas ela nunca foi de conversar muito sobre as questões do coração. Por sorte, tive um grupo de amigas, assim como você. E era com elas que eu desabafava e tirava minhas dúvidas. Sempre senti falta desse diálogo, sabe? De poder contar pra ela outras questões, nem tão maternais assim... Então, prometi pra mim mesma que, se tivesse uma filha, ia agir diferente. Eu estava me esquecendo dessa promessa, já que sempre percebi que você estava com a cabeça voltada apenas para os estudos. E, sobre isso, nunca precisou dos meus conselhos.
– Já que estamos no momento confissão da noite, também estou percebendo essas diferenças em mim. E estou um tanto envergonhada e até me sentindo insegura por isso. Não sei explicar direito.
– Como assim, filha, se sentindo insegura?
– Você vai achar engraçado, mas entre nós, as MAIS, sempre uma característica da nossa personalidade foi mais marcante. A Mari pagando um mico atrás do outro, eu com os livros, a Ingrid por ser romântica até a raiz dos cabelos e a Susana por gostar tanto de esportes. Eu estava confortável no meu papel de nerd do grupo. Mas agora estou conhecendo um lado meu que está me deixando confusa.
– Hummm, entendi completamente o que você quer dizer. Você percebeu que, além da nerd, existe aí dentro uma garota que pode se apaixonar.
– E eu pergunto de novo: tá tão evidente assim?
– Hahahaha! Aninha, minha filha, não estou entendendo por que tanto drama.
– A Mari me disse a mesma coisa. Quase apanhei dela, pra falar a verdade.
– Viu? Sinal de que ela não é tão doidinha assim.
Começou a chover lá fora de novo, e aquele típico e delicioso cheiro de chuva surgiu. Os pingos pintavam as janelas e um ventinho frio en-

trava pelo quarto. Porém eu sentia que estava suando. Apesar do desconforto, eu estava gostando do rumo que a conversa estava tomando. Era como se eu estivesse tirando um grande peso das costas.

– Como é esse sentimento de insegurança?

– Sei lá... – respirei fundo, tentando encontrar no ar a força necessária para continuar. – Eu me sinto insegura por estar assumindo mais um papel, traindo o que eu sempre tive. É como se eu estivesse desprotegida. Vulnerável. Como se eu estivesse roubando um tempo precioso que seria dedicado aos estudos para pensar no Igor.

– Você se tornou uma adolescente linda por fora e mais ainda por dentro. Sempre responsável. Eu nunca precisei ser daquelas mães que cobram boletim ou checam os cadernos pra saber se tem dever de casa. Cobro horários durante a semana porque você precisa descansar, ter as horas de sono adequadas. Você sempre gostou de ler, e acho isso sensacional. Viveu as histórias junto com as mocinhas dos romances, se emocionou com elas, viveu as alegrias e as tristezas delas. E, ao final do livro, aquela história ficou lá, no mundo mágico da literatura. Quando inconscientemente você percebeu que era a sua vez de ser a mocinha, você ficou com medo. Se no livro ela passasse por algum problema e você sentisse curiosidade, podia pular algumas páginas e ver o que ia acontecer. No seu livro particular, não dá pra saber. Você terá de passar pelas situações, boas ou ruins, alegres ou dramáticas, para escrever a sua história.

– Nossa! Será que é isso? Como secretária executiva, você tá se saindo uma boa psicóloga, hein, mãe? – tentei brincar para descontrair, já que sentia tudo tremer por dentro.

– E não é? – ela caiu na risada. – Ser secretária de empresários exige uma boa dose de psicologia, viu? Mas e aí? Você concorda com o que estou falando?

– Acho que sim. É que é muita novidade na minha cabeça de uma vez só.

– Claro que é! Tem o ensino médio, você está percebendo que não é mais aquela garotinha e principalmente notando que está se apaixonando de verdade. Pela sua personalidade, você nunca vai deixar de gostar de estudar e de correr atrás daquilo que quer. E não pense que está traindo sua face nerd. Ninguém é apenas uma coisa na vida. Senão seria tudo muito monótono, não acha? Deus me livre, que chatice!

– Eu tenho uma sorte danada de ter você como mãe! – eu a abracei. – Muitas garotas da minha idade nem podem namorar direito, pois os pais as consideram muito novas.

– Eu não discordo que você seja muito nova. Para as mães, os filhos sempre serão bebês! Mas prefiro dar apoio e saber o que você está fazendo do que criar uma filha revoltada que faz tudo escondido.

– Engraçado... Com o Guiga você não era assim.

– Porque não era necessário. Apesar de vocês terem namorado um tempo até que longo, eu sabia que era um inofensivo namorinho de colégio. Era todo mundo da turma junto, todas as amigas namorando. Mas eu fiquei preocupada com a história do seu primo Hugo.

Eu já sou branca, mas devo ter perdido totalmente a cor.

– O Hugo, mãe? Do que você tá falando?

– Pensa que eu não soube da sua paixonite aguda pelo seu primo?

– Ai, que vergonha... Você sempre soube disso?

– Sempre.

– E por que nunca falou nada?

– Eu achava engraçado! Namorico entre primos é a coisa mais normal do mundo. Apesar de você ser linda, filha, o Hugo sempre gostou de você como prima. Só isso.

– Minha vergonha dobrou, posso me enfiar embaixo da cama agora?

– Já falei, Aninha. É normal – ela riu. – Se eu tivesse percebido que era recíproco, teria ficado preocupada. Apesar dos namoros entre primos sempre acontecerem, nossa família não é tão grande assim, e haveria um constrangimento depois, caso não desse certo. Por isso eu não dei tanta importância para o seu namoro com o Guiga. Ele é um bom garoto, foi importante para aquela fase que você estava passando, mas, como você estava dividida entre os dois, na verdade não gostava realmente de nenhum.

– Nossa, nem acredito que estou tendo essa conversa com você. Confesso que assim que você quis começar a falar sobre essas coisas eu fiquei bem incomodada. Mas estou adorando tudo isso!

– Eu também estou! Quanto ao Igor, apesar de ser um namoro recente, já vejo diferença. Você sempre foi mais madura que o normal da sua idade, mas finalmente você está se enxergando como uma adolescente que pode se apaixonar. E eu acho isso positivo e quero estar junto com você. Claro que você não precisa me contar todos os detalhes, você tem direito à privacidade, mas quero que saiba que pode contar comigo para o que precisar.

Abracei minha mãe tão forte que quase a sufoquei. Gostaria tanto que a Susana tivesse o mesmo que estou tendo agora! A mãe dela está melhor em relação ao esporte, já aceitou que é o que a filha mais gosta no mundo, mas mesmo assim não consegue ter esse tipo de conversa com ela. Quando o pai não está voando, ele é um bom confidente. Assim como a avó.

Quando a minha mãe saiu do quarto, troquei de roupa e coloquei um pijama confortável. Ajeitei tudo para dormir e, quando tirei o celular da bolsa, vi que tinha uma mensagem do Igor.

> Quero meu beijo de despedida dobrado da próxima vez.

Resolvi obedecer à nova Aninha, que não fica mais se controlando o tempo todo.

> Se você não tivesse cobrado em dobro, pode apostar que eu faria por conta própria.

8
Minha primeira reportagem

Choveu a noite toda, mas a sexta-feira amanheceu com sol. E o aparecimento do sol foi apenas a primeira boa notícia do dia. A segunda veio logo depois do café da manhã: recebi minha mesada! Dei um beijo estalado na bochecha da minha mãe.

Marquei com a Ingrid de fazer a matéria do jornal na biblioteca pública, depois do jazz. Sim, com a Ingrid! Ela ficou superempolgada com essa parte de visitar lugares, entrevistar pessoas e fotografar. Queria ser testemunha do meu primeiro trabalho como repórter. E eu adorei a companhia, principalmente porque visitaria a Tijuca pela primeira vez.

Pegamos o metrô em Botafogo e, cerca de 25 minutos depois, desembarcamos na Praça Saens Peña. Era por volta das 15h30, e tinha bastante movimento. Uma feirinha de artesanato circundava a praça, e eu logo bati o olho numa boneca Emília que estava exposta. Sabe aquela boneca de pano simplesmente maravilhosa esperando para ser comprada exatamente por você? Eu sempre quis uma boneca igual aquela, mas nunca havia encontrado uma com tamanha perfeição! Catei todo o dinheiro que tinha. Para ser mais precisa, metade do que eu havia recebido pela manhã. Sobraria para um lanche bem baratinho e para pegar o metrô de volta. Quando eu chegasse em casa, minha mãe certamente entenderia o motivo de eu ter gastado boa parte da minha mesada. Assim espero! Posso colocar a culpa no Monteiro Lobato? Afinal de contas, é uma das minhas personagens favoritas. Parecia que eu tinha cinco anos de idade de novo e que a Tia Anastácia em pessoa tinha feito especialmente para mim.

Passado o momento de total euforia com a boneca, dei uma olhada no relógio e tomei um susto. A gente acabou se atrasando. Como eu já tinha checado o endereço na internet, foi fácil encontrar a biblioteca. Foi o César quem sugeriu a matéria, e, apesar de ela não estar localizada no nosso bairro, ele disse que seria uma boa história para contar. Achei muito válido, pois, como a gente geralmente mora e estuda no mesmo bairro, acaba se limitando e deixando de conhecer lugares legais.

Chegamos a uma casa de dois andares pintada de azul e branco. Biblioteca Dom Quixote. Na porta, havia um aviso de "entre sem bater",

Minha primeira reportagem

e nos deparamos com o balcão da recepção. A gente teve que anotar nosso nome, o nome da escola e o motivo da visita em um caderno próprio para isso.

– Gostaríamos de falar com a dona Carminha – falei para a moça que fazia o empréstimo dos livros para dois estudantes.

Logo uma senhora simpática nos atendeu. Ela era baixinha, gordinha, tinha as bochechas rosadas e um enorme sorriso. Finalmente consegui conhecer alguém da altura da Ingrid. Se a gente não a estivesse conhecendo naquele momento, eu poderia jurar que era parente dela.

– Que meninas adoráveis! – ela nos beijou e nos convidou para nos sentarmos em seu escritório. – Quer dizer que vocês são alunas do menino César?

– Sim, somos! – respondi, morrendo de vontade de rir do "menino César". – Sou repórter do jornal da escola, e ele é meu coordenador.

– Ele me avisou que você viria. E você, ruivinha? Também faz parte do jornal?

– Não, mas sou colega de classe da Ana Paula. Eu quis vir junto, porque adoro trabalhos voluntários. Eu sou monitora numa ONG chamada Reaprendendo a Viver, que ajuda pessoas que ficaram muito tempo acamadas devido a doenças graves. Faço recreação com as crianças, ensinando a desenhar e a pintar. É bem legal.

– Que coisa boa! – ela vibrou. – Tão jovens e já tão ativas. Eu gosto disso. E vocês deram sorte, pois daqui a pouco teremos uma atividade com crianças da escola que fica aqui ao lado. Uma das voluntárias faz contação de histórias e é um momento mágico aqui da biblioteca. Enquanto não começa, vou mostrar as instalações para vocês e explicar como tudo funciona.

Ficamos maravilhadas com tudo! Eu, então... Ver todas aquelas capas e cores espalhadas por dezenas de prateleiras me deixou muito empolgada. Conforme ela ia falando, eu ia gravando tudo com meu celular. Eu podia ter tomado nota, mas fiquei com medo de perder algum detalhe, então preferi gravar. A Ingrid pediu para tirar as fotos e foi uma ajudante e tanto! Logo em seguida, a contadora de histórias chegou cheia de bonecos e diversos acessórios. Depois, um grupo de umas dez crianças entre 7 e 8 anos, acompanhado da professora, sentou em meia-lua no chão, todas viradas para o palco improvisado.

Quando ela começou a contar a história, a Ingrid arregalou os olhos de tal maneira que parecia fazer parte do grupo de crianças. O conto era "Menina bonita do laço de fita", da Ana Maria Machado. O jeito como ela contava era encantador e prendia a atenção das crianças, que a olhavam fascinadas. Ao final da apresentação, elas aplaudiram, e assim que as crianças se retiraram a Ingrid foi correndo falar com ela.

– Oi, Cláudia, tudo bem? Meu nome é Ingrid. Estou encantada, nunca havia assistido a uma apresentação dessas. Parabéns!

– Que bom que você gostou, Ingrid. Muito prazer.

– Gostaria de saber contar histórias como você. Trabalho como voluntária numa ONG e acho que as crianças iam gostar muito disso.

– Eu vou dar um curso aqui na biblioteca. É de graça. Você não gostaria de participar? Terá duração de três meses e vai começar em agosto.

– Jura? Como eu faço para me inscrever?

– Muito simples – ela abriu a bolsa e pegou um cartão. – Aqui tem meu site, e-mail e telefone. Quando as inscrições forem abertas, vou divulgar. Aguardo o seu contato.

– Muito obrigada! – ela agradeceu, completamente empolgada.

Em seguida, eu guardei tudo o que tinha usado na reportagem e a gente se despediu da dona Carminha, agradecendo por tudo. Saímos animadas de lá, e com fome, claro! Descobrimos como chegar ao Shopping Tijuca. A praça de alimentação de lá é bem grande, então foi fácil encontrar algo legal e bem baratinho para comer, já que eu tinha gastado quase todo o meu dinheiro.

Na volta para Botafogo, o metrô estava lotado! E, como não estamos acostumadas a tomar o metrô naquele horário, procuramos um lugar na plataforma que estivesse mais vazio. Sem querer, entramos em um vagão reservado apenas para mulheres. Nos horários de maior movimento, quando todo mundo está indo ou voltando do trabalho, alguns vagões são destinados às mulheres, por determinação da Justiça, por causa dos constantes assédios que foram relatados. Os vagões do metrô ficam muito cheios, e com isso as pessoas naturalmente encostam umas nas outras, mas infelizmente alguns se aproveitam dessa condição para cometer abusos.

Achamos a ideia bem interessante, mas notamos umas coisas engraçadas e sentimos muita falta da Mari ali com a gente. Porque, do jeito que ela é debochada, ia logo fazer piada de algumas situações. Ai, meu Deus, como se fala no vagão feminino! Muito! Hahahaha! Sempre ouvimos piadinhas de que mulher fala muito mais do que homem, e ali tivemos a prova viva de que isso realmente é verdade. As que estavam caladas lixavam as unhas, ouviam música, retocavam a maquiagem ou estavam concentradas lendo romances ou apostilas de faculdade. Mas eram a minoria! O resto tagarelava, como a minha boneca Emília depois de tomar a pílula do Dr. Caramujo.

A gente não conseguia parar de rir. E a variedade de assuntos? Umas falavam dos filhos, dos netos e de como era trabalhoso cuidar deles. Outras falavam mal dos chefes, dizendo o quanto eram insuportáveis e mandões. Uma xingava horrores um ex-namorado que a traiu. Fora a troca de receitas, recomendações de clínicas de estética, salões de beleza, testemunhos da melhor escova progressiva e por aí vai. Por sorte, conseguimos ir sentadas até Botafogo. Então, sentadinhas como duas meninas inocentes, escutamos todas as conversas ao nosso redor.

Teve uma hora em que nenhuma das duas conseguiu mais segurar o riso. Eu simplesmente enfiei a cara na mochila e chorei de tanto rir. Começamos a ouvir um miado. Sim, um miado de gato. Começou bem baixinho. *Miau, miau*. Aí cochichei com a Ingrid:

– Será que alguém trouxe um gato escondido na bolsa?

O miado foi ficando mais alto e insistente. *Miaaaaau! Miaaaaau!* Até que uma mulher abriu a bolsa e pegou o telefone. Era o toque do celular dela! Com a maior tranquilidade do mundo, ela colocou os óculos e verificou o identificador de chamadas, e o celular continuou miando alto. *MIAAAAAU! MIAAAAAU!* Meio vagão olhando, até que finalmente ela atendeu a chamada, como se toda aquela comoção nem fosse com ela. Hilário!

Quando cheguei em casa à noite, morta de cansaço por causa da agitação do dia, encontrei meu pai todo animado.

– Aninha, minha filha! Sua tia Verônica acabou de ligar.

– Ah, é? Poxa... Queria ter falado com ela. Como andam as coisas em Blumenau?

– Pois é. Eu não mereço uma irmã tão maluca! Você acredita que a sua tia arrumou um emprego em Porto Alegre e se mudou sozinha há duas semanas? Foi pra uma cidade onde não conhece ninguém e só nos avisou agora?

– Ela está morando em Porto Alegre?! – me espantei. – Eu sempre quis conhecer essa cidade.

– Exatamente por isso ela ligou. Quer te dar uma passagem de presente de aniversário.

– Jura? – pulei de felicidade. – Mas como vou fazer para viajar com tantas coisas acontecendo? Colégio, jornal, inglês...

– Seu aniversário não vai cair no feriadão? Aproveita, filha! – minha mãe apareceu na sala, vindo da cozinha. – Você pode ir na sexta e voltar no domingo à noite. Assim, não vai perder aulas.

– Vocês não vão se importar de eu passar meu aniversário longe? Nunca viajei sozinha antes.

– Nós não vamos poder arcar com os custos da viagem pra te acompanhar, Aninha... – minha mãe me abraçou. – Ainda mais com sua avó, não podemos deixá-la sozinha. Seríamos quatro ao todo, e não podemos gastar esse dinheiro agora. Então, não vamos ser egoístas e te prender aqui. Até porque é um presentão e tanto! Aposto que será uma viagem divertida, sabendo como sua tia Verônica é animada. Telefone logo pra ela pra combinar tudo.

– Obaaaa! – abracei minha mãe para em seguida pular no pescoço do meu pai.

– Você já demonstrou ter juízo para viajar sozinha – meu pai acariciou meus cabelos. – E vai estar com a minha irmã, né? Ela é meio doida, mas ainda assim é minha irmã. Pode ir. Vou ficar morrendo de saudades, mas você merece o presente.

Minha primeira reportagem

Minha tia Verônica é a irmã mais nova do meu pai. Ela é solteira, diz que está muito nova para casar e namora bastante. Ela é muito bonita! E totalmente independente, por isso não fico espantada por ela ter mudado para uma cidade sem conhecer ninguém. E ela ainda adora estudar. É advogada, especialista em direito internacional. Fala vários idiomas, como inglês, alemão e italiano. Dizem que puxei isso dela, pois ela vive grudada nos livros, assim como eu. Feliz da vida, peguei o papel com a anotação do novo telefone dela.

– Oi, tia! É a Aninha!

– Minha sobrinha linda! – ela gritou do outro lado da linha. – Sobrinha e afilhada, não esqueça. Sou sua madrinha com muito orgulho.

– Sim, claro! Meu pai acabou de me contar sobre o presente de aniversário. Pulei pela casa de felicidade.

– Ele já contou? Que bom que você gostou! Você vai vir no feriadão?

– Acho que sim, tia! São quantas horas de ônibus até Porto Alegre?

– Ônibus? Quem disse que você vai vir de ônibus? Eu, hein?!

– Ué?! Mas sempre viajamos de ônibus para Blumenau.

– Aninha, querida! Não me diga que você tá preocupada com o preço? Se for isso, fique sossegada! As passagens aéreas não estão tão caras assim hoje em dia, é só ficar atenta às promoções. Eu acabei de ver que tem uma promoção ótima agora comprando pela internet. É muito mais confortável e rápido do que o ônibus. Você vai vir de avião, em duas horas estará aqui comigo.

– A-a-vi-ão? – gaguejei. – Eu nunca viajei de avião.

– Nunca? Então se prepare para o seu primeiro voo! – ela gritou, empolgada. – Não me diga que uma moça tão bonita e inteligente está com medo de voar?

– Eu? Medo? – engoli em seco. – Não... Imagina...

– Veja se suas amigas não querem vir com você. Sempre vejo fotos delas no seu perfil da internet. São umas gracinhas! Aqui tem espaço pra todo mundo.

– Será que os pais delas vão deixar?

– Não custa perguntar. Bom, vou emitir a sua passagem pela internet agora mesmo e encaminho em seguida para o seu e-mail. Seu pai, antes mesmo de falar com você, já tinha me confirmado seus documentos. Fale logo com elas para que consigam comprar no mesmo voo ou em horário parecido. Vou comprar saindo aí do Rio na sexta de manhã e voltando no domingo no finalzinho da tarde.

– Nossa, muito obrigada, tia! Nem acredito que vou ganhar um presentão desses!

– Presente mais que merecido. Estou com saudades! Beijo, lindona!

– Beijo, tia!

Desliguei o telefone em estado de choque. Vou voar pela primeira vez na vida! Eu disfarcei, mas estou com medo sim. Só de pensar, meu coração já acelerou. Só duas horas? Acho que consigo suportar o medo por esse tempo.

Ai, meu Deus! Peraí... Fiquei tão empolgada que me esqueci do Igor. A gente mal começou a namorar e eu vou passar o feriadão fora. Senti um aperto no peito. Poxa, vou ficar longe dele logo agora? Mas, pensando bem, não posso perder uma oportunidade como essa. Vou conversar com ele direitinho. Até porque ainda não tínhamos conversado sobre o feriadão de Páscoa. Ele vai ter que entender. Bom, assim espero.

Tomei um banho, jantei e resolvi escrever logo a matéria, aproveitando que tudo ainda estava fresquinho na minha cabeça. Baixei as fotos que a Ingrid tirou no meu computador e escolhi uma que estava com a dona Carminha, aquela senhorinha fofa, para postar no meu perfil. Segui as orientações do César e escrevi com o coração. Quando terminei, achei que tinha ficado bom e me empolguei com a minha primeira matéria oficial para o *Jornal do CEM*. Tomara que ele goste! Resolvi dar mais uma lida.

Um exemplo de amor aos livros

Você sabia que existem dezenas de bibliotecas espalhadas pela nossa cidade? Milhares de pessoas são beneficiadas todos os meses por esses locais de leitura, estudo e – por que não? – entretenimento. Infelizmente, muita gente ainda não sabe, então vamos contar um caso de sucesso e estimular a sua curiosidade para que conheça outros polos de cultura.

Minha primeira reportagem

Visitamos a Biblioteca Dom Quixote, na Tijuca, perto da Praça Saens Peña, no coração do bairro da zona norte. Ela foi fundada por Carmem Lúcia Salles, mais conhecida pelos frequentadores do local como dona Carminha.

Dona Carminha sempre gostou muito de ler, então acabava comprando mais livros do que tinha de tempo disponível para lê-los. Dessa forma, possuía uma imensa biblioteca particular. Ao se aposentar, resolveu recuperar o tempo perdido. No entanto, acostumada a sair todos os dias para trabalhar, logo ficou entediada e teve uma grande ideia: abrir uma biblioteca no bairro.

No início, seus familiares foram contra. "De tanto que lê, você deve estar tendo os surtos de loucura de Dom Quixote." E foi daí que surgiu o nome da biblioteca. A princípio, originado de uma brincadeira de um dos netos. Mas, por fim, ela resolveu mesmo homenagear o escritor espanhol Miguel de Cervantes y Saavedra (1547-1616), autor do consagrado livro *Dom Quixote de La Mancha*.

Morando em uma casa de dois andares e com todos os filhos casados e vivendo em outros locais, ela decidiu transformar o piso térreo da residência numa ampla biblioteca e continuar morando na parte de cima. Muitas pessoas do bairro apoiaram sua ideia, e a dona Carminha recebeu doações de estantes, mesas e cadeiras para a inauguração, há dez anos.

"No início, as pessoas ficavam com vergonha, achando que estavam invadindo a minha casa. Mas logo deixei claro que aquela parte seria compartilhada com todos que gostam de literatura. Meses depois, o lugar virou ponto de encontro de estudantes. Por ser um local silencioso, muitos buscam o conforto da biblioteca para estudar para provas e concursos."

Dona Carminha passou a receber muitas doações de livros, tanto de moradores quanto de editoras que apoiaram sua iniciativa. Logo precisou de voluntários para a organização do acervo e para coordenar os empréstimos.

"As pessoas ficam chocadas quando eu digo que não precisam pagar nada pelo empréstimo dos livros", ela conta, com muito bom humor e sempre com um sorriso. "Há um ano, recebemos o patrocínio de uma grande empresa de móveis, o que deixou nossa biblioteca ainda mais bonita. Agora temos também contação de histórias para crianças. Sou uma mulher realizada."

A Biblioteca Dom Quixote foi iniciativa de uma pessoa apaixonada pelos livros e que quis compartilhar a sua paixão com outras pessoas. Mas existem bibliotecas públicas de responsabilidade da prefeitura em vários bairros da cidade, inclusive em Botafogo, onde fica nosso amado Centro Educacional Machado. Os empréstimos são gratuitos, assim como os vários eventos promovidos por elas, como cursos de contação de histórias, música e artes em geral.

Quer saber mais? Na página inicial do site do *Jornal do CEM*, manteremos um link atualizado para todas as bibliotecas da cidade. Indique para os seus amigos e boa leitura!

9
O presente inesperado

Nem acredito! Mal fiz 15 anos e já vou completar 16? O ano passou muito rápido! Algumas pessoas me perguntam se repeti de ano no colégio, porque a maioria tem 15 no início do ensino médio. Como o povo adora falar do que não sabe, não é mesmo? Não estou tão atrasada assim... Quando eu ia entrar para a escola, acabei pegando várias doenças infantis, uma quase seguida da outra. Então, como eu era muito pequenininha, meus pais decidiram adiar por um ano a minha entrada na escola, para que eu me fortalecesse. Eles me contaram que eu quase não comia, que era uma briga para me fazer tomar sopinhas e vitaminas. Quem me vê agora, hein?

Bom, voltando ao assunto. Quanta coisa aconteceu de um ano pra cá! Lembro como se fosse ontem eu toda indecisa entre o Guiga e meu primo Hugo na minha festa. Que coisa louca! E agora estou namorando o Igor! Este ano, meu aniversário vai cair em pleno feriadão de Páscoa. Pela primeira vez, eu não tinha pensado em nada diferente para comemorar. E a viagem para Porto Alegre surgiu de repente! A vida pode ser bem surpreendente, não é mesmo?

Naquele sábado em especial, eu não encontraria o Igor, pois ele faria simulado do vestibular o dia inteiro. Combinamos de nos encontrar no domingo. Confesso que não curto muito ficar em casa aos sábados, mas ia aproveitar para colocar as matérias em dia, uma vez que as provas do primeiro bimestre iam começar. Já que as meninas iam sair com os namorados, depois do curso de inglês pedi uma sessão extraordinária das MAIS numa lanchonete próxima para contar a novidade.

– Ah, que inveja! Eu nunca viajei de avião – a Mari suspirou. – Até hoje, sempre viajei de carro ou de ônibus. A minha tão sonhada viagem pra Disney nunca se tornou realidade. Minha mãe não confia que eu fique duas semanas longe sem pagar nenhum mico. E ela reclama que nem conheci o Brasil direito e já quero ir para o exterior.

– Como meu pai é piloto, eu já viajei várias vezes – a Susana bateu palminhas. – Adoro!

– Eu também já viajei. Você vai adorar, Aninha! – foi a vez da Ingrid. – Só não gosto de ir ao banheiro do avião. Tudo bem que eu sou pequenininha, mas é apertado e desconfortável até pra mim.

– Tem medo de descer pela privada, Ingrid? – a Mari zoou.

– Ai, Mari! – nem a Ingrid se aguentou e riu.

– Então, meninas, a minha tia convidou vocês para viajarem comigo. O que acham? Será que os pais de vocês iam concordar?

– Seria muito legal, hein? – a Susana arregalou os olhos. – Nós nunca viajamos todas juntas, seria o máximo!

– É verdade! – a Ingrid concordou empolgada. – Ia ser muito divertido. Pena que a grana lá em casa tá curta. Minha mãe e meu padrasto ainda estão pagando as listas de material escolar. A da minha irmã, então... Nossa! A lista da Jéssica ficou ainda mais cara que a minha.

– Acho que meu pai consegue um bom desconto na passagem – a Susana lembrou. – Mas só consigo levar uma pessoa comigo. Qual é a companhia aérea, Aninha?

– Ela comprou a minha pela Good Flight.

– É a empresa do meu pai! – a Susana vibrou. – Por ser filha de funcionário, a taxa que pago é bem pequena e posso levar acompanhante. Mas é o que eu falei, só uma pessoa.

– Eu tenho o dinheiro do comercial. Aí, Susana, você levaria a Ingrid com você. Quem sabe meus pais não deixam que eu use a grana na viagem? – a Mari também se empolgou. – Ia ser demais meninas! Nossa primeira viagem juntas! E ainda mais de avião. Mas, por sermos menores de idade, será que não precisamos de autorização especial? Não precisa um adulto acompanhando a gente?

– Não precisa, Mari – a Susana garantiu. – A partir dos 12 anos, basta apresentar a identidade na hora de embarcar. Já tô acostumada.

– Susana, será que você consegue falar com o seu pai hoje? – a Ingrid perguntou um tanto ansiosa. – Se ele conseguir o tal desconto, minhas chances de viajar aumentam muito.

– Consigo sim, deixa comigo! E nesse feriadão eu não terei nenhum jogo, então será perfeito. Quatro garotas cariocas em Porto Alegre? Uhuuu!

– Quando começam os seus jogos, Susana? – perguntei.

– Agora teremos o Campeonato Estadual de Vôlei, que vai até junho. Será nossa estreia com o time da CSJ Teen! Vou avisar vocês direitinho quando os jogos começarem. Tenho que curtir a folga no feriadão, depois vão ser treinos e mais treinos.

– E nós vamos deixar nossos namorados soltinhos pela Cidade Maravilhosa? – a Mari fez bico. – Hummm, sei não. Estou refletindo melhor...

– Você precisa largar de ser ciumenta, Mari! – eu apertei as bochechas dela. – Lembra a confusão que deu com aquela tal de Michele?

– Ainda bem que aquela *periguete de mural* sumiu do perfil do Lucas! Nunca vi coisinha igual, viu? Curtia tudo, comentava tudo... Afeee! Mas você tá certa, Aninha. Preciso me desapegar e confiar no meu namorado. Todas nós concordamos em tomar a vacina contra o ciúme. E acho que vai ser até bom, viu? Eles vão ficar com saudades da gente.

– Mas tem certeza que a sua tia vai ter lugar pra todo mundo mesmo, Aninha? – a Susana se preocupou. – Quatro garotas de uma vez só na casa dela?

– Ela garantiu que sim! E ela é muito divertida, vocês vão gostar dela. Ai, meninas! Se eu já estava empolgada, agora estou três vezes mais pensando que vocês poderão ir comigo! – acabei falando alto demais e metade da lanchonete olhou para a gente. – A viagem será curtinha – baixei o tom de voz –, mas serão três dias inesquecíveis. Vou repassar o e-mail da minha tia com os dados da minha passagem pra ver se vocês conseguem ir no mesmo voo. Posso passar o telefone dela também, caso os pais de vocês queiram falar com ela.

– Peraí... – a Susana olhou com uma cara suspeita para a Mari. – Você disse que ia viajar com o dinheiro do comercial. Qual deles, dona Maria Rita? A do carro Leben, ou você aceitou fazer o outro comercial?

A cara que a Mari fez, para variar, foi hilária.

– Eu aceitei. Meu pai avisou a agência ontem. Seja o que Deus quiser!

– E você pretendia contar pra gente quando, hein? – cruzei os braços fazendo cara de brava, mas morrendo de vontade de rir.

– Estou contando agora, ué! – ela fez careta. – Que mico!

– Não vejo mico nenhum! – a Ingrid discordou. – Se alguém ficar te zoando, vai ser por pura inveja.

– Ãhã. Os garotos sentem mesmo muita inveja de garotas menstruadas – a Mari debochou.

– Se os garotos fizerem isso, é porque são uns recalcados e imaturos! – a Susana ficou até nervosa. – Impressionante como todo mundo adora se meter na vida dos outros. Isso é um trabalho, Mari. Estaremos juntas pra te apoiar. Não é, meninas?

– Claro! – respondemos em coro.

– Obrigada, meninas! – a Mari respirou aliviada. – Na gravação do comercial do carro eu não consegui levar vocês. Vou ver se dessa vez eu consigo.

No dia seguinte, encontrei o Igor no shopping. Ele estava com uma carinha de cansado... Marcamos de dar uma volta por lá para aproveitar o ar-condicionado. O tempo não se decidia. Uma hora chovia e na outra fazia um calor infernal. Queria contar a história da viagem pessoalmente. E, quando terminei de falar, ele fez uma carinha triste.

– Poxa! Pensei que a gente fosse ficar junto.

– Eu também! Mas foi uma coisa inesperada. Não posso perder uma oportunidade como essa, né?

– Claro que não... – ele pegou a minha mão, quase provocando um choque elétrico, como sempre. – Seus olhos estão brilhando tanto, estão ainda mais azuis.

— Sério? – senti que corei. – Estou feliz mesmo. Tem muito tempo que não vejo a minha tia e vai ser a minha primeira viagem de avião. Estou parecendo criança, né?

— Ah, mas isso é bom! Eu me lembro de quando viajei pela primeira vez. Mas eu era criança e não entendi muito bem o que era aquilo tudo. Foi um trabalhão pra minha mãe me convencer a ficar quieto, pois eu queria sair correndo pra cabine do piloto.

— Se você não para quieto aos 17 anos... Deve ter sido uma criança muito da serelepe.

— Serelepe? Você não faz ideia! Apertar todos os botões do elevador e colocar açúcar no lugar do sal era o básico.

— Meu Deus! Posso te pedir uma coisa? Não sei se é brega, mas vou pedir assim mesmo. Queria ver suas fotos de criança, posso?

— Hahahaha! Brega? Não é brega não. Vou postar algumas no meu perfil pra você ver.

Fomos lanchar e, de novo, lá foi o Igor mexer no celular. Só que dessa vez foi ainda pior. Ele me deixou falando sozinha e ficou rindo enquanto respondia algum sms ou recado no seu perfil. Será que eu estou sendo muito chata? O Igor é tão perfeitinho... Exceto por esse vício. Confesso que quase falei que estava me aborrecendo. Mas, com uma semana de namoro e às vésperas da viagem, preferi deixar os assuntos polêmicos de lado. Mas eu quase falei... Ahhhh, foi por muito pouco mesmo.

Na segunda-feira, as meninas confirmaram que iriam comigo para Porto Alegre! A Mari ia pagar metade dos gastos. Os pais concordaram que ela pagasse uma parte da viagem para que aprendesse a dar valor ao dinheiro. Ela achou que a lição financeira poderia ter ficado para outra oportunidade, mas não discutiu para que eles não desistissem da ideia da viagem. O pai da Susana conseguiu o tão sonhado desconto e a Ingrid vai poder pagar. Eu simplesmente não acreditei!

Viajar para a cidade onde viveram e vivem escritores tão importantes para a literatura brasileira! Mário Quintana, Érico Veríssimo, Luis Fernando Veríssimo, Moacyr Scliar, Caio Fernando Abreu, Lya Luft! Uau! Pena que não vamos na época da Feira do Livro de Porto Alegre, já que ela acontece na primavera, em meados de novembro. Mas tudo bem. Já que a minha tia está morando lá, quem sabe eu não consigo voltar?

Como a viagem foi decidida em cima da hora, foi uma correria danada! Provas do CEM, entrega da minha primeira matéria para o jornal, escolha das roupas, arrumação da mala etc. Nunca corri tanto na minha vida! E não foi diferente para o Igor. Ele também estava em semana de provas, e eu pensei que fosse viajar sem conseguir vê-lo. Mas, na quinta-feira à noite, antes da viagem, ele tocou o interfone sem que eu esperasse. Troquei de roupa rapidinho e desci.

– Desculpa não ter avisado. Queria fazer uma surpresa e imaginei que você estaria arrumando as coisas pra viagem. Naquele dia sua mãe me convidou pra subir, mas eu fiquei com vergonha... – ele fez uma careta engraçada. – Por isso interfonei.

– Hahahaha! Tão desinibido para os palcos e com vergonha da minha mãe?! – eu o abracei. – Que bom que você apareceu, eu ia ficar morrendo de saudades.

– Eu também! – ele me abraçou ainda mais apertado para depois me soltar e segurar as minhas mãos. – Meus pais resolveram viajar para Cabo Frio no feriadão. Meu tio tem casa lá e vai todo mundo. Pelo menos vou ter com que me distrair sem você aqui.

– Own! Eu vou te mandar mensagens sempre que der.

– Pensei que você não gostasse do meu celular...

– Tão bobo! – dei um beliscão de brincadeira. – Para receber as minhas mensagens pode.

– Ah, é? – ele riu com vontade. – Bom saber. Mas, então, eu vim aqui pra te ver e te dar uma coisa. Talvez você ache bobagem, mas não consegui resistir.

– O que é? – perguntei curiosa.

Ele pegou a carteira e tirou dali um trevo-de-quatro-folhas cuidadosamente embalado numa proteção plástica. Então, ele retirou a plantinha da embalagem, pegou a minha mão e a colocou ali com todo o carinho.

– Como você vai voar pela primeira vez e tá com um pouco de medo, peguei meu amuleto da sorte para te tranquilizar. Tem gente que não acredita muito nisso, e eu era uma dessas pessoas. Quando fui encenar pela primeira vez, eu estava muito nervoso, pensando que poderia esquecer o texto e passar vergonha. A minha avó me deu para dar sorte. E não é que deu certo? Então é o meu amuleto das "primeiras vezes"...

– Ah, que fofo! – olhei para o pequeno trevo para depois olhar novamente para o Igor. – Mas a sua avó te deu! Eu não posso ficar com ele!
– Considere um empréstimo. Quando você voltar, me devolve.
– Combinado! – sorri aliviada. – Vou cuidar dele direitinho, viu? Mas... ele dá sorte pra você. Isso dá para ser passado pra outra pessoa?
– Se ele tem mesmo esse poder, foi porque minha avó, que gosta de mim, acreditou nisso e me deu. Se esse é o sentimento que faz com que ele funcione, então o fato de eu te emprestar vai dar certo também.
– Ai, meu Deus! Você quer me matar do coração, fala sério.
– Eu sei que estamos juntos há pouco tempo, mas eu te adoro, sua loirinha nerd!

– Também te adoro, Igor.

– Eu estava com ele quando te conheci. Costumo guardar em casa, mas tinha esquecido na carteira. Aí você apareceu pra buscar a Mari na saída do curso de teatro. Eu não esperava que tivesse uma primeira vez naquele dia. Acho que meu amuleto estava querendo me dar um recado.

Não respondi. Pelo menos não com palavras. Acariciei o rosto dele e o beijei. Foi a primeira vez que tive essa iniciativa totalmente romântica. Também, depois de tanta fofura junta, como resistir? Nossa! Como eu ia sentir saudades!

– Tenho que ir... – eu me despedi com o coração na mão, mas precisava acabar de arrumar as coisas. – Obrigada pelo amuleto.

– Boa viagem. Não se esqueça de me mandar notícias, hein?

– Vou mandar. Prometo!

– E eu vou esperar... – ele foi embora sacudindo o celular pra mim.

Acabei de arrumar as minhas coisas e já ia desligar o computador para dormir quando me lembrei de algo. Já que o Igor tinha feito uma surpresinha para mim, eu ia fazer uma ao meu modo. Procurei um vídeo de "All My Loving", dos Beatles, e postei o link no perfil dele. A letra tinha tudo a ver com o feriadão. Fui deitar cantarolando a música...

Feche os olhos e eu irei te beijar
Amanhã sentirei saudades de você
Lembre-se que eu sempre serei verdadeiro
E enquanto eu estiver fora
Escreverei para casa todo dia
E mandarei todo meu amor pra você

Vou fingir que estou beijando
Os lábios de que sinto saudade
E esperar que meus sonhos se tornem realidade

[...]

10
Andando nas nuvens

Como a Susana é a mais experiente de todas nós nessas questões de viagem, ela agendou um táxi grande, quase uma minivan, para nos levar ao aeroporto. O pai dela tem cadastro em uma companhia de táxi e garantiu que era confiável. Pois é, né? Quatro passageiras e quatro malas. Além do meu pai, que iria nos acompanhar. Ele iria representando todos os outros pais para nos ajudar a embarcar. O Aeroporto Antonio Carlos Jobim, mais conhecido como Galeão, fica um pouco distante de Botafogo, então seria mais prático e barato para todas nós ir de táxi e dividir as despesas. Achamos melhor assim, pois nenhum parente tinha um carro grande o suficiente para nos levar. A maior complicação seria apenas na ida, pois o padrasto da Ingrid, junto com a mãe da Mari, ficou de nos buscar na volta. O ponto de encontro seria a portaria do prédio da Susana, já que moramos pertinho umas das outras.

O voo saía cedo na sexta, às oito da manhã. Mas, como teríamos que chegar às sete para fazer o check-in e despachar as bagagens, acabei acordando às cinco. E, detalhe, de tão ansiosa que eu estava e com medo de perder o horário, programei meu celular para despertar e ainda peguei o da minha mãe para tocar cinco minutos depois, caso o meu falhasse. Queria tomar banho antes de sair, e lavar essa cabeleira toda dá trabalho. E tomar meu café da manhã. Imagina se eu ia sair de estômago vazio? Hahahaha! Minha lombriga de estimação não ia permitir uma coisa dessas. E, claro, cheguei pelo menos umas cinco vezes se o trevo da sorte estava guardadinho na minha bolsa junto com a minha identidade.

Quando estávamos quase saindo, minha avó disse que iria com a gente até o prédio da Susana. Achei engraçado, já que ela nunca quer sair de casa. Ainda mais àquela hora da manhã! Meu pai e eu nos olhamos e concordamos que ela nos acompanhasse, achando aquilo quase um acontecimento. "Aproveito e na volta compro broa de milho fresquinha na padaria, acordei com vontade de comer", ela disse. Chegamos ao ponto de encontro às 6h10. A Ingrid já estava lá, pois dormiu na casa da Susana. Ela estava usando um vestido muito fofo, parecia uma boneca. Em seguida, a Mari chegou esbaforida com o irmão, segundos antes do táxi.

A avó da Susana também estava. Aí, eu me lembrei da conversa com as MAIS, que seria interessante que a minha avó conhecesse a avó da Susana. Tratei logo de apresentar as duas. Quem sabe daí não surgiria uma amizade? A minha avó ficou um pouco tímida, mas notei que elas se gostaram logo de cara.

– Bom dia, taxista! – o Alex cumprimentou enquanto o motorista abria o bagageiro. – Boa sorte ao levar oito malinhas para o aeroporto. Quatro com alças e quatro sem, em forma de garotas.

– Alex, tá muito cedo para começar a zoar a gente! – a Mari deu um beliscão no braço do irmão, que o fez rir.

– Boa viagem, meninas! Avisem assim que chegarem – a avó da Susana falou toda animada. Como ela consegue ter essa animação a essa hora da manhã?

– Pode deixar, vó! – ela a beijou e a abraçou apertado. – Eu aviso sim! Faça o favor de deixar o celular perto, pois vou mandar mensagem.

– O que você vai trazer de presente pra mim, Mari? – o Alex provocou.

– Já que no Rio Grande do Sul tem muito gado, vou trazer uns chifres de boi bem grandes pra você usar! – respondeu invocada.

– Ah, meninas! Vocês estão vendo que irmãzinha mais estressada eu tenho? – ele fez cara de coitado. – Acordo cedo em pleno feriado pra não deixar que ela ande por aí sozinha com uma mala e isso é o que recebo em troca.

– Ai, vocês dois! – a Ingrid riu. – Alex, pode deixar que eu ajudo a Mari a comprar seu presente.

– Obrigado, Ingrid! – ele fez reverência, como se a Ingrid fosse uma princesa, o que provocou risadas até no taxista. – Agradeço imensamente.

– Meninas, o papo tá divertido, mas precisamos ir! – meu pai acabou com a bagunça e entramos no táxi.

Por causa do horário, o trânsito estava livre e logo chegamos ao aeroporto. Eu estava ansiosa, já que seria a minha primeira vez. Mas a Mari estava histérica. Ela foi a diversão do meu pai e do taxista pelo caminho. As perguntas mais loucas passavam pela cabeça dela. "Será que vai ter alguém famoso no avião?" Ou: "E se o piloto dormir e a gente acabar parando em outra cidade?" Mas a pior de todas foi a seguinte: "E se a privada entupir e começar a vazar por todo o avião?"

Chegando ao Galeão, nos dirigimos ao balcão da companhia aérea. Apesar da fila grande, fomos atendidas logo. Na hora de marcar os assentos, infelizmente não tinha como ficarmos juntas, uma vez que são duas fileiras de três lugares. Eram duas a viajar pela primeira vez querendo a janela. Apesar da ansiedade, eu estava de certa forma tranquila, então aceitei ir sozinha. As meninas ficariam controlando a Mari, que também ficou na janela, só que na fileira de trás.

E meu pai foi um fofo! Acompanhou a gente até a hora de entrarmos no setor de embarque. Ele foi de táxi com a gente, mas ia pegar um ônibus especial que o deixaria na zona sul, para não gastar tanto. As finanças em casa melhoraram, mas não dava para esbanjar. Só fiquei com peninha dele voltando sozinho de ônibus. Mas ele estava tão feliz me vendo viajar de avião pela primeira vez que nem ligou.

Despachamos as malas na hora do check-in, mas cada uma permaneceu com a sua bolsa de mão. Todo mundo teria ainda de passar pelo detector de metais. E adivinha só o que aconteceu! A Mari teve problemas com a bolsa. Já começou a se estressar, e o bom e velho "Não se irrita, Maria Rita" quase ficou conhecido no aeroporto! A bolsa dela passou duas vezes pelo raio X, até que pediram que ela a abrisse para identificarem o objeto metálico. Ela começou a tremer dos pés à cabeça. Se ela já estava com medo de voar antes, imagina agora sendo suspeita de carregar algo proibido na bolsa? O motivo da confusão: uma tesourinha sem ponta, dessas que crianças de 4 anos usam para cortar papel. Depois de esclarecida a situação e de ela ter colocado tudo de volta na bolsa, fomos enfim procurar nosso portão de embarque.

– Afeee! – a Mari ainda estava nervosa. – O que esse povo estava pensando? Que eu ia matar todos os passageiros com aquela tesourinha? Uma nova modalidade de serial killer?

– Eu não entendi... – a Ingrid falou sem segurar o riso. – Por que você quer levar uma tesourinha pra Porto Alegre, Mari?

– Por causa do meu kit de costura.

– Kit de costura?! – foi a vez da Susana de cair na gargalhada. – E desde quando você costura, Mari?

– Ai, gente! Do jeito que sou atrapalhada, pensei que poderia rasgar alguma roupa, sei lá! Aí eu trouxe linha e agulha na mala. Justamente na última hora decidi trazer a tesourinha e acabei colocando na bolsa. Poxa! Uma confusão dessas por causa de uma tesourinha minúscula do Mickey?

– Mari, você não existe! – eu a abracei e fiz cosquinhas pra ela rir. – Agora relaxa, vamos aproveitar nossa primeira viagem!

Fomos para o portão de embarque indicado e, enquanto a gente aguardava a hora de entrar no avião, fiquei observando as pessoas em volta. Características físicas diferentes, sotaques diferentes... Algumas estavam vestidas de um jeito "normal", de calça jeans, camiseta, tênis. Já outras, especialmente as mulheres, pareciam que iam a uma festa, com vestidos brilhosos, colares gigantes e completamente maquiadas. Os homens estavam mais despojados, talvez por causa do feriado prolongado. Durante a semana, por causa das viagens de negócios, grande parte deles deve andar de terno e gravata, como vemos nos comerciais e cenas de novelas.

Finalmente nos chamaram para embarcar! Entramos por um longo corredor e uma comissária de bordo nos cumprimentou. Preciso confessar uma coisa. Quando vemos um avião, imaginamos algo gigantesco, não é? Mas por dentro achei bem apertado. O corredor entre as duas fileiras de três poltronas é bem estreito, só dá para passar uma pessoa de cada vez. Quando encontrei a minha fileira, vi que já tinha um casal de velhinhos sentado. O homem no assento do meio e a mulher no do corredor.

– Bom dia! – falei educadamente. – O meu assento é o da janela. Infelizmente vou ter de incomodar os senhores.

– Bom dia, minha filha! – a senhora disse toda carinhosa. – Como você é bonita!

– Obrigada! – respondi um tanto envergonhada.

– Ernesto, vamos ter que nos levantar para a mocinha sentar no lugar dela. Você não se importa de viajar com dois velhotes, né? – ela riu. – Eu sempre sento no corredor, pois faço xixi toda hora por causa do remédio da pressão. Aí facilita na hora de ir ao banheiro.

Olhei para a fileira de trás, onde as meninas já estavam sentadas, e elas seguravam o riso, fazendo caretas hilárias.

– Eu? Me importar? Imagina... Contanto que eu sente perto da janela, tá tudo bem. Só não gostaria de sentar entre os dois para não segurar vela – brinquei.

– Segurar vela? Ah, que menina adorável! – ela levantou com alguma dificuldade. – Temos cinquenta anos de casados, não existe mais esse negócio de segurar vela.

Como o corredor era muito estreito e várias pessoas passavam procurando seu lugar, os dois velhinhos, tadinhos, demoraram uma eternidade para conseguir me dar passagem. Até que finalmente consegui ir para a minha tão sonhada janela e eles se sentaram novamente. A Mari, que estava sentada logo atrás de mim, toda hora me dava um peteleco na cabeça. O avião perfeito teria uma fileira de quatro poltronas. Mas tudo bem! Posso ficar "longe" das meninas por duas horas.

Depois que todo mundo estava sentado e com os cintos afivelados, o avião começou a se locomover. Meu coração começou a bater acelerado. Pelo que a Susana explicou, ele ia se posicionar para decolar. Minhas mãos começaram a suar. Até que ele parou. Os motores começaram a fazer um barulho mais intenso, e então ele passou a andar bem mais depressa. Já nem sentia meu coração batendo por causa do barulho. Até que ele saiu do chão. Não é sair do chão, Ana Paula! O avião decolou! Uauuuu! Que sensação incrível! Aos poucos, tudo foi ficando pequenininho. As pessoas pareciam formigas. Os prédios foram ficando menores, as casas, as embarcações. Os gritinhos da Mari eram muito engraçados! A Ingrid não parava de rir dela, e a Susana só ficava no "Shhhh, shhhh! Olha o mico, Maria Rita!"

Alguns minutos depois, já não dava para ver mais nada, estávamos acima das nuvens. Aí lembrei que, quando era criança, imaginava que elas eram feitas de algodão-doce. E, mesmo já um pouco mais velha, me deu uma tremenda vontade de esticar o braço para fora da janela e tentar pegar um pedacinho. E então logo o voo estabilizou e eu já não sentia mais nada. Dava até para esquecer que estávamos voando tão alto. Eu lembrei que o caderninho de anotações que ganhei do Igor estava na bolsa. Desde que ele me deu de presente, não me separei mais dele. *Se tiver vontade de escrever alguma coisa, faça isso num caderninho. Guarde seus pensamentos para usar depois.* Ele me disse isso de forma tão carinhosa que foi irresistível não seguir sua recomendação. Eu precisava registrar aquele momento único e tinha de falar sobre as nuvens. O caderninho ainda estava em branco. Segurei a caneta e respirei fundo. Olhei pela janela mais uma vez para enfim começar a escrever o que vinha no meu coração.

Andando nas nuvens

Conforme vamos crescendo, "andar nas nuvens" assume significados diferentes e interessantes.

Quando somos bem pequenos, imaginamos que as nuvens são feitas de algodão-doce. Lembro que quando ia ao parque ou à pracinha com a minha mãe e ela comprava algodão-doce, era muito divertido acreditar que estava comendo um pedaço do céu. Antes de dormir, eu imaginava como seria me jogar naquelas nuvens fofinhas e me deitava toda esparramada. Chegava a sentir o gosto doce na boca, pois ia saboreando pequenos pedaços de nuvens, até que adormecia feliz.

Um pouco mais crescidos, imaginamos seres fantásticos vivendo em castelos no alto das nuvens. Eu adorava fazer esses desenhos na escola, todos muito coloridos e com purpurina. E também adormecia imaginando que pulava de nuvem em nuvem, conversando com anjos e fadas. Subia em um cavalo alado e sentia o vento nos cabelos.

E, quando nos tornamos adolescentes, acontece um efeito especial, quase cinematográfico: andamos em nuvens imaginárias. Descobrimos que o olhar e o sorriso de um certo garoto têm o poder de fazer o chão desaparecer, e nuvens macias surgem debaixo dos nossos pés. Amor à primeira vista, mãos dadas, coração acelerado. Às vezes, alguns acidentes de percurso acontecem. Caímos da nuvem e, dependendo da altura, a gente se machuca um pouco. Mas andar por elas é tão mágico que rapidinho nos esquecemos da queda e nos aventuramos de novo.

E então, num certo dia, visitamos as nuvens novamente. Só que dessa vez viajamos até elas quando descobrimos que nascemos para realizar determinada missão, que somos capazes de realizar coisas incríveis! Saber que, por meio dela, podemos fazer a diferença para o outro e para nós mesmos. Que ela nos alegra ao acordar e nos embala ao dormir.

Até que um dia a gente voa de avião. De verdade. E, lá do alto, percebemos que as nuvens não são doces, que não podemos pegá-las com as mãos e saboreá-las e os castelos também não estão lá. Mas, ainda assim, são belas, nos emocionam e nos fazem sonhar...

Larguei a caneta e mais uma vez olhei pela janela. Voltei o olhar para o casal, e o velhinho sorriu para mim.

– Gosta de escrever, é? – ele fez uma cara engraçada, como quem diz "Estava te espionando e você me pegou no flagra".

– Gosto sim! – não consegui segurar o riso. – Eu escrevo matérias para o jornal do colégio.

– Jura?! – ele perguntou, espantado. – A minha esposa adorava escrever poemas! – ele olhou para o lado e ela dormia. – Tenho vários guardados até hoje. Plastifiquei alguns. O amor pode durar cinquenta anos, mas o papel não...

Achei muito fofo o que ele falou. Será mesmo que o amor dura esse tempo todo? Eles pareciam o exemplo mais real que eu já tinha conhecido. Vemos tanta gente se casando e se separando logo em seguida, que dá até para duvidar.

Meus pensamentos foram interrompidos pelos comissários de bordo, que serviam refrigerantes e biscoitos. E, claro, por mais uma pérola da Mari.

– Jura que só vão servir um copinho de guaraná e esse biscoitinho de chocolate? – ela perguntou, revoltada.

– E ainda se dê por satisfeita! – a Susana riu. – Existem companhias aéreas que cobram pelo lanche. Eles distribuem um cardápio, você escolhe o que quer e paga.

– E tem que pagar pra quem?

– Para os comissários, ué. Pra quem mais?

– Que absurdo! – a Mari continuou no seu momento revolta. – Pelo preço da passagem, tinha que rolar rodízio de pizza.

– Rodízio de pizza, Mari? – a Ingrid não aguentou e deu uma alta gargalhada, chamando a atenção da fileira ao lado. – Isso aqui é um meio de transporte, não um restaurante, sua doidinha! – ela baixou o tom de voz, mas sem conseguir conter as risadas.

– Maria Rita, você me mata de vergonha! – a Susana disse no tom de deboche que usa quando fala nosso nome todo.

– Ah, vocês estão rindo, mas sabem que no fundo estou falando a verdade – a Mari se defendeu.

Depois que terminei de comer, voltei a rabiscar algumas ideias para o jornal. Perdida em meus pensamentos não percebi que faltava pouco tempo para chegarmos a Porto Alegre. Só me dei conta quando o piloto anunciou que já estava se preparando para aterrissar.

E então aconteceu o oposto da decolagem. Aos poucos, fomos abandonando as nuvens e as ruas começavam a se desenhar lá embaixo. Prédios e casas aumentavam de tamanho. Já dava para identificar alguns carros, e as pessoas deixavam de parecer formigas. O aviso de manter o cinto afivelado estava aceso. Até que, por fim, sentimos a aterrissagem e o impacto no solo. Meu primeiro voo tinha acabado de acontecer! Sensacional, quero mais!

Aos poucos, fomos saindo e eu me despedi do simpático casal de velhinhos. A Ingrid e a Susana estavam tranquilas, mas a Mari estava com cara de enjoada.

– Foi aquele bendito pacotinho de biscoitos de chocolate! – ela fez cara de nojo.

– Logo vai passar, amiga – apertei suas bochechas. – Imagina se tivesse rolado o tal rodízio de pizza que você queria, hein? Hahahaha! E aí? Gostou de voar?

– Gostei! Apesar de ter ficado surda em alguns momentos, achei legal! Mas prefiro ficar no chão mesmo – ela fez careta.

Pegamos a bagagem e, quando saímos, tivemos uma surpresa: minha tia estava com uma placa escrita MAIS. Só ela para ter essa ideia! Ela estava linda! Corri para abraçá-la.

– Minha sobrinha querida! – ela fez um escândalo, como sempre faz. – Você está ainda mais bonita do que na internet. Os cariocas devem ficar loucos por você.

– Não preciso da cidade inteira louca por mim, tia. Um garoto só já é suficiente.

– Hummm... Estou vendo que temos novidades! Ah, me apresente para as suas amigas! Não, não! Deixa eu ver se as reconheço das fotos. Você, de franjinha, é a Mari. A de vestido fofo é a Ingrid e a mais alta a Susana. Menina, você é alta mesmo! – ela fez cara de espanto para rir em seguida. – Estou muito feliz por vocês estarem aqui. Espero que gostem do passeio. Por favor, me chamem de Verônica. Já basta essa daqui pra me chamar de tia e lembrar que estou velha.

– Velha? – a Ingrid a abraçou. – Você é linda! Parece irmã mais velha da Aninha.

– Já gostei de você! – a tia Verônica brincou.

– Adorei seu sotaque! – foi a vez da Susana.

– Imagina só a confusão, Susana. Sou de Santa Catarina e vim morar aqui em Porto Alegre. O sul tem um sotaque bem característico, mas, mesmo entre os estados, existe diferença. O pessoal daqui também comenta sobre a minha maneira de falar. E, claro, vocês vão se destacar aqui nos próximos dias com esse "carioquês".

Esse aniversário vai ficar para a história!

Porto Alegre, aqui vamos nós!

11
Bancando as turistas

Conseguimos um táxi grande, semelhante ao que pegamos no Rio. A tia Verônica informou o endereço ao motorista e, curiosas, já fomos logo bancando as turistas, prestando atenção durante todo o caminho. E o espanto foi geral: como a cidade é arborizada! Muitas, muitas árvores! O taxista, não resistindo aos nossos comentários, disse que ali há mais de uma árvore para cada habitante da cidade. Além das árvores, a arquitetura também se destaca. Chegamos ao bairro Moinhos de Vento. E achei bem parecido com Ipanema e Leblon, tirando o fato de não ter praia.

O apartamento em que a minha tia mora tem dois quartos, e eu achei bem grande. Até porque a tia Verônica mora sozinha. Se eu morasse sozinha como ela, certamente escolheria um lugar menor. Mas é lindo! Todo decorado com móveis claros e quadros bem coloridos nas paredes. Ela tem muito bom gosto e valoriza a praticidade.

– Meninas! Se ajeitem aqui neste quarto. Tem duas camas e colchonetes. Até poderia colocar algumas de vocês no meu quarto, mas como já tive essa idade, e faz pouco tempo – ela riu –, sei que vão querer fofocar até tarde. Tem um banheiro no corredor, mas podem usar o meu também, que fica na suíte. Como não sabia o que preparar para vocês almoçarem, escolhi uma massa, que sempre agrada todo mundo. Descansem e arrumem suas coisas. Pensei em darmos uma volta pelo centro histórico depois do almoço.

Ela estava animadíssima! Ela ama organizar esses passeios, ainda mais por também ser nova na cidade. Então, além de nos apresentar as partes legais, bancaria a turista junto com a gente.

Ajeitamos nossas coisas e enviamos mensagens para casa avisando que estava tudo bem. Aproveitei para mandar uma mensagem para o Igor.

> Acabamos de chegar! Seu amuleto me deu sorte, a viagem foi perfeita. Saudades já! Beijos enormes

Nem bem tinha dado trinta segundos e já chegava uma resposta. Abri um sorrisão e as meninas logo ficaram me zoando. Pelo menos o vício no celular tinha alguma vantagem, ele respondia rápido.

> Ah, que bom que deu tudo certo! Aqui em Cabo Frio tá legal. Muitas saudades também. Beijos, minha linda

– Ana Paula, quer desfazer essa cara de boba e ir almoçar? – a Susana fingiu dar uma bronquinha para rir em seguida. – Só mesmo o Igor pra ganhar da sua lombriga. Sua tia tá chamando.

Era meio-dia, ainda relativamente cedo para almoçar. Mas, como acordamos praticamente de madrugada, era natural que já estivéssemos com fome. O macarrão estava maravilhoso, e o pudim de leite de sobremesa também. E, antes que ela pudesse dizer que não, nos revezamos na cozinha para deixar tudo limpo e arrumado. Se a nossa mãe nos visse... Ia reclamar na hora que em casa a gente não é assim. Confesso, odeio lavar louça. Mas era o mínimo que a gente podia fazer, né? O manual da boa visita diz que não se deve fazer bagunça. Pelo menos, espera-se.

Bancando as turistas

Como ela não tem carro, optamos por pegar um ônibus até o centro histórico, já que não dá para ficar gastando com táxi toda hora. Descemos perto da Praça da Alfândega, onde é realizada a Feira do Livro de Porto Alegre. Claro que fiquei toda empolgada, imaginando aquele lugar cheio de bancas de livros e filas de autógrafos. Eram dezenas de pontos turísticos que poderíamos explorar a pé: a Biblioteca Pública, a Igreja Nossa Senhora das Dores, a Casa de Cultura Mário Quintana, museus, palácios, Cais do Porto. Várias praças! E vou falar uma coisa: as pessoas tomam mesmo chimarrão! Quando pegamos algum material de divulgação do turismo do Rio, percebemos que o Carnaval é um dos principais destaques. Como se existisse uma passista de escola de samba em cada esquina o ano inteiro. Hahahaha! Mas, em poucas horas, percebemos que o chimarrão não é "lenda". As pessoas ficam sentadas nas praças tomando calmamente o chimarrão, acompanhadas de uma garrafinha térmica com água quente. Homens e mulheres, de todas as idades. Minha tia perguntou se a gente gostaria de experimentar, mas ninguém quis. Ela riu da nossa cara, lógico.

— Cariocas muito bobas, viu? Só gostam de água de coco.

Andamos muito e mesmo assim não demos conta de visitar todos os pontos, alguns ficariam para o dia seguinte. Então, voltamos para a casa da tia Verônica, tomamos banho e nos trocamos para ir a uma típica churrascaria gaúcha.

Preciso dizer que comi horrores? Outra coisa que comparei com o Rio de Janeiro. A comida é muito mais barata em Porto Alegre! Enquanto andávamos pelo centro histórico, vimos vários restaurantes exibindo placas de "Buffet livre" com preços que nem em sonho a gente encontra no Rio, especialmente na Zona Sul. A churrascaria a que a tia Verônica nos levou era um pouquinho mais cara, mas ainda assim muito mais barata do que estamos acostumadas.

Quando voltamos, caímos desmaiadas, cada uma para um lado. O dia tinha sido recheado de emoções. Mas não pensem que a tia Verônica nos deixou dormir muito não. Por volta das nove da manhã, ela nos acordou com um café da manhã dos deuses! A minha madrinha é mesmo a melhor do mundo!

Enquanto as meninas acabavam de se arrumar para o café, eu ajudei a colocar os talheres na mesa. E, curiosa como ela só, resolveu perguntar do Igor.

— E aí, mocinha? Agora que estamos sozinhas, vai me contar sobre esse tal de Igor?

— Como você sabe o nome dele?

— Ué! Tá lá bem destacado no seu perfil, pra quem quiser ver. Metidinha você, hein? – ela me deu um beliscão de brincadeira. – É fácil assim namorar atores na Cidade Maravilhosa? Porque as principais novelas são gravadas lá...

— Hahahaha, tia Verônica! Você é muito engraçada. O fato de o Igor ser ator foi só uma coincidência. Ele é do mesmo curso de teatro da Mari. Foi assim que a gente se conheceu.

— Ele é um gato! Vi a foto de vocês no aniversário da Susana. Deve ter um monte de garotas correndo atrás dele – ela fez uma careta de desagrado.

– Sinceramente não sei! Eu imagino que sim, pois ele é bem popular e o celular dele não para. Começamos a namorar agora, então eu ainda não conheço os amigos dele direito. Tô tentando não sentir ciúme. Sabe, no início do ano, a Mari e a Susana se meteram em confusões horrorosas por conta disso. Não quero sofrer o que elas sofreram.

– Como a minha sobrinha adorada está ficando madura, gente! Estou boba. E aí? Já decidiu que faculdade cursar?

– Ainda não. Mas estou dividida entre comunicação e letras. Adoro escrever e penso em, quem sabe um dia, me tornar escritora. Quer ler um texto que escrevi durante o voo?

Como ela concordou, fui até o quarto e peguei meu caderninho. Entreguei para ela e minha tia fez a maior cara de apaixonada ao ler a dedicatória do Igor. Leu o texto e sorriu.

– Está muito bom! Parabéns! Faça isso, continue escrevendo. Quem sabe um dia você não se inspira para escrever um livro? Agora chame suas amigas. Nosso passeio de hoje tem hora marcada e não podemos nos atrasar. Eu prometo que vocês vão adorar.

Depois que tomamos café, baixamos as fotos do dia anterior no notebook da Susana. Ela trouxe, porque o vício no celular é pouco para ela. Tiramos muitas, muitas fotos! A tia Verônica parece não se cansar nunca, é impressionante.

– Vieram do Rio de Janeiro pra ficar no quarto olhando o notebook? Vamos sair, meninas! Ah! Protetor solar e boné! Se alguém não tiver, a gente compra no caminho, pois vamos precisar.

Pegamos um ônibus de turismo que dá uma volta de aproximadamente uma hora e meia por Porto Alegre. Ele é aberto na parte superior, ou seja, panorâmico. Muito legal! E aí fomos entender por que ela deu aquelas recomendações. Apesar de não estar muito calor, por causa do outono, ficar sentada ali durante todo o trajeto queima muito. O vento engana a gente. Ainda mais eu, que sou branquinha, logo fico vermelha.

Conforme a gente passava pelos pontos turísticos, a guia ia explicando tudo. Achei uma graça aquele sotaque gaúcho! Ela ficou na parte inferior do ônibus, mas a gente ouvia tudo pelos alto-falantes. Ela explicava o nome de cada monumento, quem fundou, o ano... Passamos por muitos parques. Nossa, como essa cidade tem parques! Como o ônibus é alto, parece que que a gente vai bater nos semáforos e nas árvores. É muito engraçado! Por instinto, várias vezes a gente abaixou a cabeça. Ficamos sabendo que esse ônibus funciona quase todos os dias, e os moradores já devem estar acostumados com ele circulando pela cidade. Mesmo assim era divertido observar as pessoas olhando pra gente. As crianças, inclusive, ficavam acenando e fazendo a maior festa.

No fim do passeio, fomos almoçar no Mercado Público e compramos várias lembrancinhas. Lá é muito grande! E se vende de tudo: comidas típicas, artesanato, presentes dos mais caros e sofisticados aos mais baratos. E há ainda uma enorme praça de alimentação. E os doces? Comemos tanto que ficamos com medo de ter dor de barriga.

Depois, corremos para a Usina do Gasômetro para ver o pôr do sol. Voltamos para a casa da tia Verônica exaustas e loucas por um banho. Dessa vez ela nos deu uma folga. Pedimos pizza e assistimos a um filme maravilhoso! Ela disse que teve a ideia do filme depois que leu meu pequeno texto de inauguração do caderninho.

O filme era *Amor e inocência*, uma pequena biografia da Jane Austen, escritora que viveu entre 1775 e 1817. O filme mostra quando ela era mais jovem, antes da publicação dos seus livros. Parece que seu breve romance com o jovem advogado irlandês Tom Lefroy a inspirou na criação de personagens e na história de um dos seus livros mais famosos, *Orgulho e preconceito*. Imagina ser escritora numa época em que as mulheres eram criadas para ser apenas mães e donas de casa? Escrever um livro inteiro à mão? Já li em entrevistas de escritores que alguns gostam de escrever à mão e depois passam tudo para o computador. Sem problemas. Mas essa é uma *opção* do escritor de hoje em dia, naquela época era a *única* opção. E escrever à luz de velas?! Fiquei encantada com a história da Jane Austen e anotei no meu caderninho para procurar saber mais sobre seus livros e assistir a outros filmes. Preciso dizer que a Ingrid chorou? Acho que não, né?

E então chegou domingo, o último dia em Porto Alegre. E meu aniversário! Enfim 16 anos!

Fui acordada loucamente pela mulherada. Fizeram tantas cosquinhas em mim que pensei que ia enfartar de tanto rir.

– Sua velhaaaa! – a Mari gritava. – Não tem vergonha, não? Velha coroca.

– Poxa... – minha tia fez bico. – Quem me dera ser uma velha de 16 anos...

– Levanta logo pra ver seu presente! – a Susana me puxou pelo braço.

– Isso! Vamos para a sala! – a Ingrid dava pulinhos.

Elas nem deixaram que eu me ajeitasse e fui obrigada a ir toda desgrenhada para a sala. E eu simplesmente não acreditei no que vi ali: um notebook novinho com um laço vermelho gigante! Eu comecei a chorar! Foi o presente mais lindo que ganhei em toda minha vida.

– Ah, Aninha! – minha tia ficou com cara de choro também. – Não precisa chorar, né?

– Mas, tia! Esse presente é muito caro!

– Ai, que coisa! – fingiu fazer cara de brava. – Eu estou ganhando melhor agora no novo emprego, Aninha. E, como tia e madrinha, achei que o presente tinha que ser maravilhoso. Outro dia vi você reclamando na internet que seu computador estava "dando pau" toda hora. Como uma futura jornalista e escritora pode trabalhar em um computador assim? Escolher seu presente foi muito fácil, porque você merece.

– Ah, tia Verônica! – eu não conseguia parar de chorar. – Muito obrigada, eu adorei!

– Vamos parar de chororô que temos um café da manhã para aproveitar! – minha tia enxugou as lágrimas do meu rosto e fui abraçada por todas ao mesmo tempo. – O feriadão passou voando! Que pena que vocês já vão embora hoje.

A mesa estava arrumada com vários cupcakes coloridos, a coisa mais linda!

Entre uma mordida e outra, eu atendia o celular. Primeiro foram meus pais, depois meu primo Hugo e meu tio. Uns cinco minutinhos depois chegou uma mensagem do Igor: "Feliz aniversário, minha linda! Vamos comemorar juntos na quinta-feira? Quando você voltar a gente combina. Bjs". Que saudade daquele cabelo lindo...

Nosso voo estava marcado para seis da tarde. Então, nosso turismo ia terminar por volta das 16h30. Depois do café, deixamos toda a nossa bagagem pronta e já colocamos a roupa com a qual iríamos viajar para não perder mais tempo. Visitamos o Parque da Redenção. Que delícia de lugar! Depois almoçamos em um restaurante de buffet livre. Vamos sentir muita falta da comida de Porto Alegre!

Visitamos muitos lugares durante os três dias da viagem, mas, por conta do pouco tempo, vários ficaram de fora do passeio. Principalmente as cidades vizinhas, como Gramado e Canela. Uma viagem rápida, mas sem dúvida inesquecível! Fomos para o aeroporto fisicamente esgotadas, mas muito felizes. Nossa primeira viagem juntas! Pelas minhas contas, foram mais de quatrocentas fotos.

O voo de volta foi tão tranquilo como o de ida. Como aquela expectativa da primeira vez já tinha passado, eu e a Mari acabamos cochilando durante o voo. Mas acordei a tempo de ver as luzes do Rio de Janeiro, o avião prestes a aterrissar. Confesso que viajar à noite dá um pouquinho de medo. As nuvens fofinhas de algodão-doce que me inspiraram para escrever o texto durante a ida ficaram quase invisíveis aos meus olhos por causa da escuridão. Mas as luzes da cidade, vistas de cima, também são maravilhosas! Logo me peguei pensando no que cada pessoa, sob cada uma daquelas luzes, estaria fazendo naquele momento. Realmente, viajar é um estímulo e tanto para a imaginação. Tenho que fazer isso mais vezes!

Cheguei em casa e tinha um jantarzinho especial, com direito a torta de chocolate! Desse jeito vou acabar ficando mimada, com tantas comemorações! E uma surpresa especial: a minha avó estava toda animada, livre da apatia constante.

– A avó da Susana já fez um milagre! Foram ao baile da terceira idade ontem! – minha mãe cochichou quando percebeu meu espanto.

Já passava das onze quando finalmente fui deitar. Deixei para desarrumar a mala depois. A segunda-feira seria longa, e eu precisava descansar. Programei o despertador do celular e em seguida mandei uma mensagem para o Igor.

Bancando as turistas

> Boa noite! Não vejo a hora de te ver. Durma bem. Bjs

E ele respondeu:

> Boa noite pra você também! Ansioso pra gente se encontrar! Bjs

12
Sonhos possíveis

O retorno da viagem foi uma tremenda correria. Já era terça-feira e eu nem tinha conseguido desarrumar a mala direito. Segui ansiosa para a reunião do jornal. O primeiro número tinha sido colocado no ar no dia anterior, e o César estava querendo ver os primeiros comentários com a gente.

Ele estava tão empolgado com os resultados! Apesar de não termos versão impressa, as visitas ao site foram bem legais. O Marcos Paulo sugeriu algumas ações nas redes sociais para aumentar o número de acessos e estimular os comentários. Além disso, sugeriu também uma espécie de sorteio, para comemorar a estreia do jornal. Todo mundo concordou. Em seguida, decidimos a pauta. O jornal seria atualizado todas as segundas-feiras e a matéria que fiz sobre a biblioteca foi aprovada para a próxima atualização. A única coisa meio estressante na reunião foi justamente decidir a reportagem que cada um iria fazer.

Eu tinha sugerido falar sobre a visita guiada na Academia Brasileira de Letras, mas minha ideia foi vetada. Apesar de terem gostado, a sugestão ficaria para o segundo semestre, já que eu tinha acabado de fazer uma matéria sobre uma biblioteca. No início, fiquei um pouco chateada, pois achei o Marcos Paulo um tanto arrogante. Bancando o chefinho, sabe? Respirei fundo para não perder a paciência. Tudo bem que a função dele é de editor-chefe, mas o César, que é professor e sabe muito mais que ele, estava tranquilo e simpático como sempre. Tentei não me deixar afetar muito, já que em trabalho em grupo nem sempre todo mundo concorda. Às vezes não é o que se fala, mas a forma como se fala. Enfim... No fim das contas, ficou decidido que eu ia entrevistar a Susana, já que ela é a primeira aluna do CEM a entrar para um grande time fora das dependências do colégio. No início eu tinha ficado chateada, mas adorei a nova sugestão. Entrevistar minha melhor amiga seria maravilhoso. Ia adorar dar essa força para ela!

O repórter responsável pela coluna de esportes é o Ricardo Alves, mas, como ele teria de cobrir o campeonato de futebol, não se importou de me ceder a entrevista, já que ele cobriria o campeonato de vôlei depois. Como esse tipo de cobertura exige um conhecimento técnico que eu não tenho, apesar de sempre ouvir a Susana comentar, ele faria a matéria durante o campeonato estadual.

Mesmo podendo encontrá-la a qualquer hora, combinei de ir ao treino da CSJ Teen, principalmente para fotografar a Susana com as outras garotas do time e, claro, treinando. Dessa vez eu iria sozinha. A Ingrid tinha plantão lá na ONG.

E mais correria! Quando me dei conta já era quinta-feira, dia que tinha marcado de encontrar o Igor. E sabe qual foi o meu presente de aniversário? Ele simplesmente me levou para lanchar no Forte de Copacabana! Que tarde incrível! A confeitaria de lá tem fama de chique, então foi mesmo uma surpresa. O visual do forte é maravilhoso, e a gente se sentou junto ao muro. Geralmente fica muito cheio, mas, como era dia de semana, conseguimos ficar um bom tempo namorando e conversando. Pena que nós dois tínhamos de voltar logo para casa. Ele precisava estudar para mais um simulado e eu tinha que concluir um trabalho de biologia. Depois dizem que vida de estudante é fácil. Hehehehe... Não é mole não.

No dia seguinte, fui à sede da CSJ Teen. A Susana já tinha ido logo depois das aulas. Por sorte, fica em Botafogo mesmo, então fui a pé. Ao passar pelo portão principal, me identifiquei na portaria e me deram um crachá especial. A quadra de esportes ficava nos fundos da empresa. A fábrica de cosméticos não é ali, infelizmente. Eu estava curiosa para ver o processo de fabricação e, pelo visto, a curiosidade ia permanecer, já que fábrica fica em São Paulo.

Fiquei sabendo que antigamente aquele espaço era de uma escola que foi desativada, por isso havia uma quadra de esportes no fundo. As novas instalações tinham menos de seis meses. Eles reformaram para que o prédio principal se tornasse uma empresa, mas a estrutura da quadra e vestiários foi mantida. Nossa, o prédio principal é lindo! Cheio de fotos das campanhas publicitárias e amostras dos principais produtos espalhados por todos os lugares. Ali funciona a administração, o marketing e o departamento financeiro.

Uma recepcionista me acompanhou até o local dos treinos. Fiquei sentada na arquibancada assistindo e fotografando tudo. Eu fiquei cansada só de ver! Imagina fazer isso todos os dias? Tem que realmente gostar muito...

Quando o treino terminou, uma Susana suada e desgrenhada veio falar comigo. Depois de três horas de treino, era até previsível. Ela pediu para tomar um banho e eu concordei, claro. Enquanto esperava por ela, conversei um pouco com o técnico. Ele foi bem simpático. Contou que as meninas estavam empolgadas com o primeiro campeonato. Elas sabiam que seria difícil competir com times como Flamengo e Botafogo, mas estavam confiantes pelo menos numa boa classificação.

Uma nova Susana surgiu quinze minutos depois. Linda, cheirosa e sorridente.

– O que um banho não faz, né? – ela mesma se zoou.

– O que um bom banho não faz com qualquer pessoa, vamos combinar! – ri.

– Aninha, deixa eu te apresentar minhas grandes parceiras aqui do time: Alê, Camila e Mariane.

Nem preciso dizer que eram quase gigantes, certo? A Alê era negra, com um sorriso enorme e cabelos cacheados pintados de vermelho. A

Camila era morena, olhos verdes e tinha um piercing pequeno e brilhante no nariz. A Mariane tinha um jeitinho bem tímido, covinhas nas bochechas, olhos e cabelos castanhos cortados bem curtinho. Todas elas da mesma idade, 15 anos.

Conversamos um pouco e todas tinham a mesma paixão pelo vôlei, assim como a Susana. Mas fiquei espantada quando a Camila disse que precisava ir embora, já que teria de encarar duas horas de trânsito pela frente para chegar em casa. Detalhe: ela gasta o mesmo tempo para vir todos os dias! Ou seja, são quatro horas diárias no trânsito para estudar e treinar.

— Ainda bem que eles dão uma bolsa-auxílio pra gente, uma espécie de salário! — ela falou sorrindo, como se aquela rotina nem fosse cansativa. — Essa grana ajuda muito nas passagens e em outros gastos. Isso sem falar nos produtos que ganhamos e na bolsa de estudos. Aqui atrás tem um refeitório para os funcionários, e podemos almoçar e lanchar aqui, tudo fornecido por eles. Tenho cinco irmãos, Aninha. Se não fosse isso, eu não teria como jogar, muito menos estudar nesse colégio. A mensalidade é muito mais do que meus pais ganham. Entrar para o time foi como ganhar na loteria pra mim. A rotina não é fácil, mas eu não trocaria por outra vida.

Sabe quando bate a maior vergonha do mundo por nunca ter nem imaginado uma situação parecida? Quando meu pai ficou desempregado, ficamos apertados por um tempo e ainda não estamos fazendo muitos gastos. Mas, por sorte, não precisei sair do CEM e ainda vou caminhando para o colégio.

Antes de a Camila e a Mariane irem embora, tirei fotos da Susana com elas e com o técnico. As demais jogadoras tinham partido assim que o treino terminou. Depois só ficou a Alê, e conversamos mais um pouquinho. Ela também morava longe e, antes de seguir para o ponto de ônibus, falou de uma coisa que a incomodava bastante.

— Eu não troco o vôlei por nada! Vejo um monte de garotas da minha idade com cabeça de vento. Só pensam em futilidades e em como conquistar o garoto mais popular do colégio. O maior desafio da vida delas é passar o delineador nos olhos sem borrar. Claro que gosto de ir a festas, me arrumar e conhecer garotos legais, mas eu estou correndo atrás do meu futuro, batalhando por algo em que acredito de verdade. Eu também sou bolsista. E você acredita que algumas garotas implicam com a gente por causa disso? Já ouvi comentários do tipo: "Essas garotas nem pagam o colégio e ainda podem atrasar a entrega de trabalhos e fazer segunda chamada! Só porque ficam batendo uma bolinha".

Ela nos deu um abraço apertado e foi embora. Fiquei com cara de boba olhando para a Susana, querendo falar o que estava sentindo. Fomos ao shopping fazer um lanche e aproveitei que estávamos sozinhas.

– Ih, Aninha, relaxa! – ela estava faminta e falou com a boca cheia, o que me fez rir. – Minha família tem boa condição financeira. Na verdade, melhor do que a da maioria das garotas do time. E eu vou me sentir culpada por isso? Não acho que ter dinheiro é crime, ainda mais se foi ganho com trabalho e esforço, como no caso dos meus pais. Minha mãe escolheu não aceitar a bolsa de estudos que me ofereceram, pois todos concordaram que eu deveria continuar no CEM. Mas não me sinto melhor nem pior que as garotas. Eu também gosto de vôlei e quero isso pra minha vida. Eu sei que algumas delas precisam se esforçar mais em outros aspectos, como você percebeu. E, porque eu não preciso passar horas no trânsito ou mesmo ouvir piadinhas de colegas de classe, eu mereço menos do que elas? As consultas com a psicóloga me ajudaram nisso. Lembra que eu comecei as consultas no início do ano? Eu fiquei me sentindo assim, como você ficou agora. Era muita pressão na minha cabeça, e, olha, como as consultas estão me fazendo bem! Na hora do jogo, Aninha, não vai pesar quem é mais rico ou pobre, quem se sacrificou mais ou menos no trânsito. Vai contar quem tem a melhor técnica, o melhor preparo físico, quem jogar melhor.

– Pensando por esse lado, você tá certa – concordei.

– Você é uma garota esforçada, sabe muito bem disso. Se foi presidente do grêmio no ano passado e hoje é repórter do jornal do colégio, foi pelo seu próprio esforço. Você aproveita as oportunidades. E, como a Mari gosta de brincar, "Prego que se destaca leva martelada". A Alê é perseguida por garotas que não têm dez por cento do talento dela. Eu escuto piadinhas por ser alta e ter dinheiro. Até você, por ser nerd, bonita e magra. Sempre vai ter gente para nos apoiar, mas vai ter quem não goste da gente de graça. Não podemos é deixar de fazer o que a gente gosta por causa dos comentários maldosos dos outros. Se temos pontos positivos a nosso favor, por que não usar? Eu já cansei de deixar de fazer coisas pensando na opinião dos outros. E quer saber? Não quero mais isso.

– Uau, Susana! Sou sua fã.

– Hahahaha! Para de besteira, garota! – ela me deu um peteleco de brincadeira. – E tem uma coisa que a Alê não contou. Tem uma garota riquinha no colégio dela que foi até a direção reclamar que pagava caro e não queria se misturar com pobres. Que se tinham resolvido dar bolsas de estudos, ela não tinha nada a ver com isso. Exigiu separação de classes.

– Mentira! – fiquei chocada. – O que aconteceu?

– Nada. É o que acabei de falar. O que importa é aproveitar as chances que aparecem. Ela não dá valor para a educação que tá recebendo e acha que isso a torna melhor que os outros seres humanos. E tem outra situação, Aninha. Uma das garotas que você não conheceu age de modo inverso. A Samara também mora longe e passa pelas mesmas dificuldades da Alê. Mas, apesar de ser uma ótima jogadora, passou a esnobar as antigas amigas, por se julgar melhor do que elas agora. Viu? Não são as dificuldades ou o dinheiro que contam, mas o caráter de cada um.

Fui para casa pensando em tudo que a Susana tinha dito. A cada dia que passa, eu vejo que crescer nos tira vendas dos olhos. Esse ano mal começou e já aprendi tanta coisa... Na verdade, passei a enxergar coisas que estavam lá o tempo todo, mas que eu ainda não tinha maturidade suficiente para entender.

Mais uma vez preferi redigir logo a matéria, aproveitando que estava tudo fresquinho na minha cabeça.

Sonhos possíveis

Susana Azevedo, do primeiro ano do ensino médio, faz parte do novo time infantojuvenil de vôlei patrocinado pela empresa de cosméticos CSJ Teen. Para quem não sabe, a sigla significa Cosméticos Sempre Jovem, e o segmento teen da marca é bastante utilizado pelas adolescentes do Brasil.

Susana tem sido destaque como atleta desde sua participação no time de vôlei do CEM, vencendo inclusive o campeonato intercolegial do ano passado. Desde que recebeu o convite para fazer parte do time da CSJ Teen, ela vem treinando com toda dedicação e fará sua estreia no Campeonato Estadual de Vôlei Infantojuvenil, em junho deste ano.

"A Susana é uma atleta muito determinada e veio ao encontro dos desejos da CSJ Teen", afirmou o técnico Augusto Tavares. "Ela possui excelente desempenho nas quadras e tem ótima integração com as demais garotas do time."

Mas quem pensa que vida de atleta é fácil está muito enganado! Para que ela continue no time, seu rendimento escolar deve estar acima da média.

"Faço três horas de treino todas as tardes. O ritmo é puxado, e conciliar com os estudos nem sempre é tarefa fácil", Susana explica. "Por isso é muito importante o apoio dos amigos, da escola e da família."

Susana conta que os seus primeiros incentivadores dentro do Centro Educacional Machado foram a coordenadora Eulália e o professor Rubens, de educação física. "Eles perceberam em mim um potencial que nem eu tinha notado. O estímulo deles foi essencial para que eu percebesse que não havia outra coisa no mundo que eu pudesse fazer. Estar nas quadras é uma felicidade enorme! A minha gratidão não tem fim."

Durante a visita à sede da CSJ Teen, tive a oportunidade de conhecer algumas de suas colegas de time. E a paixão pelo vôlei é a mesma! Todas têm um único pensamento: todo e qualquer sacrifício é pequeno em vista da realização de um sonho. E, para finalizar, deixo um recado especial da Susana a todos os alunos do CEM.

"Muito obrigada pela torcida de todos. Nunca desistam dos seus sonhos! Por mais impossível que possam parecer. Muitas vezes precisamos enfrentar vários obstáculos: grana, distância geográfica, falta de algum equipamento, medo de não dar certo ou do que possam falar. Só você sabe o que te faz feliz. Nunca é cedo ou tarde demais para dar o primeiro passo."

13
Opinar *versus* criticar

E já chegamos ao fim de maio. Tudo ia muito bem: as aulas, o namoro com o Igor, o jornal... A gente também estava ensaiando uma música do Luiz Gonzaga nas aulas de jazz para a festa junina no CEM. O mais legal das aulas é que não são em ritmo pesado, como acontece nas escolas de dança tradicionais. É mais como uma grande brincadeira que nos ajuda a manter a forma e elevar o astral.

Tivemos muitas provas também. E a parte chata disso era não poder ver o Igor como eu gostaria. Tivemos uma semana inteira assim. E os fins de semana acabaram sendo em meio a exercícios, apostilas e livros. Apesar de estarmos namorando há pouco mais de um mês, ainda não fomos à casa um do outro. Ele sempre me deixou aqui na portaria, mas nunca subiu. É que está tão bom assim que estamos com medo de que nossa família interfira. Então, nessa confusão de provas foi realmente difícil nos encontrarmos. Minha mãe já me deu uma cobradinha sobre a visita "oficial" do meu namorado, mas eu pedi para que tenha um pouco mais de paciência.

Mas uma parada no ritmo intenso de estudos foi mais do que necessária. Todo mundo estava ansioso pelo novo comercial da Mari. Infelizmente, ninguém pôde assistir à gravação, só o pai dela, que também é o empresário. A danadinha não contou nada para ninguém. Nem adiantou a gente implorar quase de joelhos. Ela não revelou nenhum detalhe. Ia estrear no intervalo da novela das nove, e mesmo quem não acompanhava a trama estava ligado na televisão.

As meninas e eu fomos para a casa da Mari. O Lucas também estava lá, e o pai dela tinha feito pipoca e bolo de chocolate. Uma tremenda bagunça! Parecia a estreia de um filme ou a entrega do Oscar. Até que o Alex gritou apontando para a tevê.

Havia um quarto todo decorado de rosa e branco. Quadros coloridos na parede e um pôster de uma banda de rock. A Mari surge recostada na cama com um notebook no colo. Até que um garoto abre a porta do quarto. Ela olha para ele com uma baita cara de brava. Ele entra, como se estivesse se aproximando de um animal feroz, e praticamente joga alguma coisa em cima da cama, com medo dela.

– Olha o que eu trouxe pra você, irmãzinha! Chocolate! Tudo pra você ficar calminha.

Ela pega uma almofada e joga na direção do irmão, mas ele sai correndo. A almofada acaba batendo na porta fechada. Então, a câmera mostra a Mari olhando para a porta, ainda com cara de brava, mas ela começa a rir, alisando a barriga. Da cômoda ao lado, ela pega uma cartela de comprimidos Natural Days e dá um beijo nela. Coloca de volta na cômoda, suspirando de felicidade, e come um pedaço de chocolate, como se estivesse delicioso. Surge uma voz que reconhecemos ser a da Mari, dizendo: "Livre-se dos incômodos da cólica menstrual com Natural Days. Porque ser natural é ser você mesma..."

Foi a maior gritaria na sala da Mari! A mãe dela não parava de rir da gente.

– Vocês são testemunhas! – o Alex falou, fazendo cara de vítima. – Essa garota engana até irmão da ficção. Cuidado viu, Lucas? Ela é a maior falsa.

– Ahhhh! Coitadinho dele! – a Mari fez beicinho. – E aí, gente? Gostaram?

– Sua cara de brava, Mari! Ficou perfeita! – a Ingrid riu.

— Eu adorei! – foi a minha vez. – E ficou superdivertido.

— E tá diferente dos típicos comerciais com a mulherada sofrendo e milagrosamente ficando boas e saltitantes depois de tomarem o remédio – a Susana enfatizou. – As meninas do time usam! A gente não tem direito a ter TPM e cólica menstrual. Treinando todos os dias? É ruim, hein? O legal é que é natural e adolescentes podem usar. Pois é! Quem manda ter mãe dona de farmácia? Hahahaha! Não tem como não saber.

— Ai, ai... – o Lucas suspirou. – Mais uma vez vou ter que aturar os marmanjos paquerando minha namorada. Desse jeito não dá!

— Namorado bobo. Hahahaha! Bobo e lindo! – a Mari lançou um beijinho no ar para ele.

— Essa minha filha vai longe! – o pai dela disse todo metido, provocando risos em todo mundo. – Tô vendo que logo essa função de empresário vai tomar meu tempo todo.

— Esse meu paizinho é tão exagerado! – ela se pendurou no pescoço dele, dando um beijo no seu rosto.

No dia seguinte, a Mari foi a sensação do CEM. Todo mundo queria falar com ela! Mas eu notei um fato estranho: pessoas que normalmente não falavam com ela vieram cumprimentar. Já outras da nossa turma nem sequer olharam para a Mari. Principalmente as meninas e, em especial, a Gláucia, que nem sequer olhava para a gente.

Na hora do intervalo, o professor César pediu para que eu desse um pulo na sala do jornal. Achei estranho, já que não era dia de reunião.

— Ana Paula, vai ser rápido, não vou tomar muito seu tempo – ele disse, enquanto ligava um dos computadores.

— Tudo bem, professor. Aconteceu alguma coisa?

— Você sabe que o jornal recebe vários comentários. O Marcos Paulo e eu somos responsáveis pela aprovação, para que não vire uma bagunça. É mais função dele, mas de vez em quando dou uma conferida. Isso talvez seja limitar a liberdade de expressão? Não sei. Classifico como controlar o caos. Infelizmente tem quem não saiba se comportar.

— Fizeram algum comentário sobre alguma das minhas matérias?

— Sim, por isso te chamei aqui. Não vamos aprovar, mas achei que devia te mostrar. Veja.

Opinar *versus* criticar

Fiquei um pouco assustada. Ele apontou para a tela e eu li o tal comentário pendente
para aprovação.

Quando disseram que iam lançar um jornal do CEM, pensei que ia ser uma coisa legal. Mas não passa de uma panelinha formal liderada pela coordenadora Eulália. Essa entrevista com a Susana, por exemplo. Nada a ver! Ainda mais feita pela Ana Paula, que é amiga dela. Lógico que só ia falar bem da girafa. E, pior, quem cobre a seção de esportes não é o Ricardo Alves? Por que mandaram essa loira azeda fazer a entrevista? Aliás, que grupinho chato esse as MAIS, não? Muito sem noção, essas garotas se acham as donas do colégio! Quando a gente pensa que se livrou da nerd metidinha depois que ela saiu do grêmio, lá vem ela dar uma de repórter. Querem saber? Nem entro mais nessa porcaria de site, tenho mais o que fazer.

Eu estava simplesmente chocada. Não aguentei e comecei a chorar.

– Ai, meu Deus! Quem escreveu esse monte de barbaridade? – eu disse com a voz embargada.

– O comentário foi anônimo. A gente não tem como saber.

– Você me chamou até aqui para dizer que vai me tirar do jornal?

– De forma alguma! – o professor César sorriu, tentando me acalmar. – Não queria ter feito você chorar, me desculpe.

– Eu não tô entendendo...

– Lembra quando você me perguntou por que eu assinava meus livros com pseudônimo? Por causa disso.

– Desculpa, professor, mas continuo não entendendo.

– De certa forma, menti pra você quando disse que não colocava meu nome nos livros para tentar preservar minha carreira de professor. Eu não menti quando disse que amo lecionar, mas a verdade é que tenho certo receio das críticas. De ter meu nome exposto, de as pessoas comentarem. Eu sei que parece imaturo da minha parte, mas é a mais pura verdade.

– Ah! – eu enxuguei o rosto com as mãos, esperando que ele me explicasse o que isso tudo tinha a ver com o comentário maldoso na entrevista da Susana.

– Não estou dizendo que todo autor que assina com pseudônimo está com medo de ser criticado – ele continuou. – Estou falando do meu caso. Um comentário debochado como o que acabamos de ver é quase normal para quem está em evidência, exposto à opinião pública. No seu caso, quando você disse que queria ser escritora, pensou que poderia receber críticas negativas?

– Sinceramente, eu não tinha pensado nisso. Se esse comentário me deixou arrasada, imagine se fosse de um livro impresso com milhares de cópias? – só quando terminei a pergunta notei a gravidade dela.

– Era isso o que eu gostaria que você considerasse, por isso quis te mostrar.

– Poxa, professor! – eu estava realmente confusa com a atitude dele. – Não esperava isso de você.

– Por favor, Ana! Não leve para o lado pessoal. Em nenhum momento quis te chatear. O que eu quero mostrar é que você recebeu uma crítica vinda de um universo relativamente pequeno. Imagina se viesse de alguém que nunca te viu, mas acha que tem o poder de te julgar?

– Essa é uma tentativa de me fazer desistir da carreira de escritora, ou você quer me convencer a adotar um pseudônimo?

– Nem uma coisa nem outra. Só quero que perceba que esse trabalho nos torna pessoas públicas. E, com isso, muita gente vai nos admirar, mas outras tantas vão nos criticar. Você está preparada para isso?

– Eu preciso pensar... – ouvi o sinal indicando o fim do intervalo.

– Acabei tomando todo o seu tempo! – ele lamentou. – Você nem lanchou.

– Teremos um tempo vago agora, não se preocupe. Pego alguma coisa na cantina.

– Só para encerrar o assunto: não vou tirar sua entrevista do ar nem autorizar o comentário maldoso. Você tem talento, nunca duvide disso. Não se deixe abater pelas críticas.

Comi rapidamente algo na cantina, mas resolvi não contar nada do que aconteceu para as meninas. Eu disse que era coisa de rotina do jornal. Elas estavam tão animadas com o comercial da Mari que eu não quis estragar a alegria.

Lembrei que uma vez postei no meu blog a resenha de um livro de que tinha gostado muito. O livro era leve e divertido. Era um tipo de comédia para adolescentes. Eu fiz uma resenha positiva, claro, já que tinha gostado. Aí surgiu um comentário de uma garota que afirmava ter achado o livro chatinho e muito fraco, discordando totalmente de mim, de certa forma até agressiva. Que não tinha conflito, drama nem nada. Ora, mas o que ela queria? Era para ser um livro engraçado, não para ter drama. Fazendo uma comparação bem maluca, ela simplesmente desejou comprar cebolas numa loja de calçados.

Todo mundo tem o direito de ter opinião para tudo. Mas a opinião é válida quando se quer colocar alguém para baixo de propósito? Ridicularizar publicamente? A garota que fez o comentário no site do jornal, mesmo de forma anônima, expôs a opinião dela. E as outras pessoas? O que achavam disso tudo? Também me achavam a nerd metidinha branquela azeda? Em momento nenhum ela criticou meu texto, se estava mal redigido, ou se eu não tinha abordado o assunto de forma clara e objetiva. As críticas eram diretamente para mim.

    Caramba, não faço mal para ninguém! Só quero correr atrás das minhas coisas, não me meto na vida dos outros. Por que sempre tem alguém para alfinetar? Eu, que estava andando nas nuvens, levei um tombo. E machucou. De repente, bateu o maior desânimo...

14
Ele não está tão a fim de você

No domingo, o Igor tinha aniversário de uma amiga e me convidou para ir com ele. Seria a primeira vez que eu estaria com os amigos dele. Tudo bem, confesso: eu fucei o perfil dele. Já tinha visto seus amigos pela internet e conhecia alguns inclusive pelo nome. Afinal de contas, a curiosidade feminina bateu forte para descobrir quem vive chamando o Igor pelo celular o tempo todo.

A aniversariante era a Letícia, da turma dele. Pensei que seria num restaurante ou numa lanchonete, mas era na casa dela. Ao chegar lá, me deparei com uma enorme cobertura em plena Avenida Vieira Souto. Acho que finalmente eu tinha encontrado alguém mais rico que a Susana. Só a sala dela era do tamanho do meu apartamento. Sabe quando você se sente inibida por estar num lugar e tem medo de cometer alguma gafe?

Pelo que pude perceber, eram praticamente todos da mesma turma do colégio. Exceto uma pessoa.

– Oi, Ana Paula, você por aqui? – perguntou a voz bem atrás de mim.

Quando me viro, com quem dou de cara? Com a Gláucia, da minha turma do CEM.

– Oi, Gláucia! – dei aqueles típicos dois beijinhos. – Veio com alguém?

– Na verdade, eu moro aqui... – ela riu. – A Letícia é minha irmã mais velha.

Que mico! Eu perguntando para a dona da casa se ela tinha ido com alguém.

– Ah, desculpa, eu não sabia! Ela não estuda no CEM, então eu não a conhecia. Vim com o Igor, meu namorado. Eles são da mesma turma.

– Eu sei... – ela respondeu com cara de pouco caso.

– Ah, você conhece o Igor?

– Se conheço o Igor? Sim, há muito tempo... – o tom de voz da Gláucia não me agradou nem um pouco.

– Sério? E por que você não me disse nada?

– Eu não sabia que ele era seu namorado. Bom, você me dá licença? Preciso ver se tá tudo certo com os garçons.

Sabe quando você sente algo estranho no ar? Tentei disfarçar e procurei me enturmar com os amigos do Igor. O assunto predominante era o vestibular. Pareciam todos bem legais, mas não pude deixar de notar a quantidade de garotas. Acabei descobrindo que o apelido dele na turma é Chuchu. Isso mesmo! Vergonha alheia do meu próprio namorado.

– E aí, Chuchu! – uma garota morena bagunçou o cabelo dele na maior intimidade. E eu toda cheia de dedos para fazer aquilo pela primeira vez... – Quando é que a gente vai te ver na novela das sete?

– Por que das sete? – ele fez cara de curioso.

– Porque é o horário das novelas de comédia, né? Sua cara!

– Palhaça! – ele bagunçou o cabelo dela também.

Ana Paula Nogueira Fontes! Você prometeu que não seria ciumenta depois da confusão em que as meninas se meteram no início do ano. Respira fundo. Ele conhece todo mundo aqui muito antes de você, portanto relaxa.

Aproveitei que ele tinha ido ao banheiro e resolvi dar uma espiada na varanda. A tão sonhada varanda de frente para o mar de Ipanema que um dia eu gostaria de ter! Deve ser incrível acordar todas as manhãs e ter essa vista.

– Então você é a famosa Aninha dos olhos da cor do céu? – a Letícia veio falar comigo. – Você é muito mais bonita pessoalmente!

Ela é muito diferente da Gláucia. Ruiva, dona de grandes olhos verdes e bem alta, já a Gláucia é morena e de estatura média. Nunca diria que são irmãs.

– Muito obrigada, Letícia. E parabéns! Pelo aniversário e pela linda casa.

– Que bom que você gostou, damos muitas festas aqui. A partir de agora, você está oficialmente convidada para todas elas. Quer dizer então que você é da mesma turma da Gláucia? – ela falou em tom de deboche. – Ela é minha irmã, mas toma cuidado com ela. Sabe o Igor, seu namorado? Ela já tentou ficar com ele, mas ficou só na vontade.

– Humm... Por que você tá me contando essas coisas? Isso não seria ir contra a própria irmã? – foi mais forte do que eu, quando percebi minha boca já tinha dito aquilo. Ai, meu Deus!

– Na verdade, ela é minha meia-irmã. Você não vê que eu sou muito mais bonita? – ela riu com vontade. – A maior diversão dela é roubar o namorado das outras. Eu gosto muito do Igor, ele é um dos meus melhores amigos. A gente se conhece desde os dez anos de idade. Portanto não o quero com ela, pois ele merece coisa melhor. Então, cuide bem do seu namorado! – ela apertou minhas bochechas como se me conhecesse há séculos, saiu da varanda e foi falar normalmente com os demais dos convidados, como se não tivesse feito nada de mais.

Que jeito mais estranho de falar da própria irmã para uma desconhecida! Bem que eu tinha sentido algo estranho no ar. A Gláucia mentiu quando disse que não sabia que eu namorava o Igor. De repente me deu um estalo. Lembrei que ela foi uma das que nem sequer cumprimentaram a Mari no dia seguinte à exibição do comercial. Muito, muito estranho... Será que foi ela quem deixou aquele comentário no jornal? Ai, ai. Esse negócio de receber ódio gratuito das garotas que são a fim do meu namorado já cansou.

Mas que péssima detetive eu fui. Nem reparei que a Gláucia estava nos contatos dele? Peraí... Acho que eu não tenho a Gláucia nos meus contatos. É muita esquisitice para uma pessoa só... Quando finalmente o Igor apareceu, não pude deixar de perguntar.

— A Gláucia é da minha turma, você sabia?

— É?! Que estranho! Por que ela nunca disse nada, se já viu foto nossa no meu perfil? Essa garota é muito estranha, não liga pra ela. Sabe o que eu acabei de ver vindo pra cá? Torta de queijo!

— Poxa vida! Não vale. Cadê essa delícia?

Resolvi não me aprofundar no assunto. No decorrer da festa, havia uma contradição de sentimentos em mim. Por um lado, todo mundo da turma dele parecia legal. Mas, por outro, eu me sentia completamente deslocada. Fiz muito esforço para ficar ali e senti um alívio enorme quando finalmente estava na segurança do meu quarto. Entendi completamente por que aquele celular não para. Ele é muito popular na turma! Definitivamente eu tinha me sentido intimidada por toda aquela gente. Nós temos muitas coisas em comum, mas ele com certeza é muito mais comunicativo que eu.

Então, decidi ligar para a maior conselheira sentimental de todos os tempos. E que felizmente é uma das minhas melhores amigas: a Ingrid. Expliquei tudo o que tinha acontecido na festa. Falei da fofoquinha sobre a Gláucia feita pela própria irmã e também disse ter me sentido deslocada e intimidada. Por que o Igor me escolheu, e não a uma delas?

— Por isso eu te liguei. Sendo você a mais romântica de todas nós, deve ter algum incenso ou meditação para me ajudar.

— Você sabe que eu adoro essas coisas, mas vou indicar algo diferente para você hoje. Você tá com sono? Já vai dormir?

— Ainda não. Por quê? — estranhei a pergunta.

— Você já assistiu ao filme *Ele não está tão a fim de você*? É uma comédia romântica.

— Não assisti. Ai, Ingrid! Esse título não é nada sugestivo.

— Pois você está enganada! O filme tem tudo a ver com o seu caso. Se ele estivesse interessado em alguma garota da turma ou na Gláucia, você acha que teria te convidado? Desconfio que esse filme possa tirar todas as suas dúvidas. Meus incensos e meditações são muito eficientes, mas nada como um bom filme para ajudar nesse caso.

— E como é que eu vou conseguir esse filme agora?

– Você sabe que sou uma viciada, né? Eu tenho uma coleção de DVDs, mas, como não posso te emprestar agora, você pode assistir pela internet. Vou te passar meu login e senha de um site que assino cheio de filmes e séries. É só procurar pelo nome e pronto! Depois você me conta o que achou.

Ela me deixou curiosa! Imediatamente entrei na conta e assisti ao filme. Logo de cara, a primeira coisa que me surpreendeu foi que a atriz principal é a Ginnifer Goodwin, que interpreta a Branca de Neve na série *Once Upon a Time*. Eu adoro essa série! No filme, ela é meio azarada nos relacionamentos, e há outras histórias paralelas. Não estava entendendo por que a Ingrid me recomendou esse filme, até que encontrei as respostas no personagem Alex, interpretado pelo ator Justin Long. Quando acabei de assistir, telefonei para ela.

– Entendi, senhora professora dos casos amorosos.
– Muito bem, prezada aluna. Que lição você tira disso tudo?
– O Alex é a resposta, não é?

– Ah, que gracinha! Por isso ela é a nerd da turma! Você até pode estar querendo aprender um pouquinho sobre a personalidade romântica, mas a nerd em você sempre será mais forte.
– Quer parar de debochar de mim e responder? – eu ri.

– Isso mesmo! Os sábios conselhos que o Alex dá pra Gigi, apesar de um tanto duros para quem está sofrendo algum tipo de rejeição, são a mais pura verdade. Quando um cara está a fim, ele vai te ligar. Não é isso que o Igor faz? Ele te liga, te manda mensagens, faz surpresas de aniversário, empresta trevo da sorte...

– Obrigada pela ajuda, Ingrid! O que seria de mim sem você?

– De nada! Mas tá pensando que vai sair de graça? Quero que você estude comigo as últimas matérias de português e história.

– Hahahaha! Tudo bem, fechado!

– Ah, tenho uma novidade! – ela vibrou do outro lado da linha.

– Oba, Ingrid! O que é?

– Sei que ainda tá cedo, mas acho que já sei qual faculdade quero cursar. Escolhi pedagogia!

– Jura? Acho a sua cara! Você adora lidar com crianças, vai ser ótimo. Já tem a experiência com a ONG, tem tudo a ver.

– Acho que me decidi depois de conhecer a contadora de histórias na biblioteca. Eu me imagino fazendo aquilo...

– Seus aluninhos vão te amar. E como não amar essa coisa fofa?

– Own, assim eu fico metida.

– Metida é uma coisa que você nunca vai ser. Amiga, preciso dormir, minha mãe já passou aqui na porta do quarto duas vezes.

– Vai lá! Até amanhã.

15
Ganhar nem sempre é chegar na frente

Depois de uma semana do caso do comentário maldoso no site do jornal, eu já estava me sentindo melhor. Resolvi não dar mais trela para aquilo e seguir em frente com as coisas que curto fazer. Só eu sei o que me dá prazer e o quanto me dedico. Por mais que isso possa doer, vou tentar não deixar que julgamentos sem fundamento tirem minhas oportunidades.

Essa não foi uma conclusão fácil de chegar. Conversei com as meninas, com o Igor e com a minha mãe. Todos foram unânimes em dizer que nem sempre vamos agradar a todos. Que, se uma pessoa só sabe se expressar de forma agressiva, a mais prejudicada é ela. Uma coisa é ter opinião formada sobre determinado assunto, outra bem diferente é querer agredir alguém que não pensa da mesma forma.

Apesar da desconfiança de que o comentário possa ter sido feito pela Gláucia, resolvi também deixar pra lá. Passei a observá-la dentro de sala de aula, e ela tem uma pose de superior que chega a ser irritante. Se ela não quer ser minha amiga por já ter sido a fim do Igor, eu sinto muito. Não vou ficar com disputas inúteis que não vão me levar a lugar nenhum.

Era sábado, e depois da aula de inglês o César veio falar comigo.

– Se você soubesse como me arrependi de ter mostrado aquilo pra você! – ele suspirou fundo.

– Fui meio imatura na minha reação, não se preocupe. Eu entendi o que você quis dizer e resolvi não me deixar abater.

– Ufa, ainda bem! – ele suspirou aliviado. – Fico feliz que esteja pensando assim.

Fomos interrompidos por uma linda moça de traços orientais. Seus cabelos pretos bem lisos chegavam um pouco abaixo dos ombros. Ela usava um belo vestido vermelho, e a maquiagem era perfeita. Cadê a Susana num momento desses? Ela ia babar na perfeição com que a moça aplicou o delineador.

– Deixa eu te apresentar! Essa é a minha noiva, Hiromi. Amor, essa é a Ana Paula, uma das minhas melhores alunas.

– Muito prazer! – ela me cumprimentou, toda simpática. – Vamos, César? Não consegui estacionar direito e precisamos ir antes que eu leve uma multa.

Eles seguiram abraçados em direção à saída, acompanhados de vários pares de olhos femininos totalmente espantados. Nem preciso dizer que as meninas se lamentaram profundamente, mas ela era tão bonita e simpática que era quase impossível não concordar com a escolha dele. Cabe agora saber se as meninas do CEM terão a mesma opinião. Esse professor César Castro sempre nos surpreendendo!

E essa não seria a única emoção do dia. O campeonato estadual de vôlei estava a todo vapor! O time da CSJ Teen tinha conseguido se classificar para a segunda fase e haveria um jogo contra o time do Botafogo no Tijuca Tênis Clube. Ambos os times têm sede em Botafogo, mas o local do jogo seria território totalmente neutro. Como já tínhamos ido para a Tijuca para fazer a reportagem sobre a biblioteca, a Ingrid e eu viramos especialistas no bairro, e todo mundo combinou de ir torcer pela Susana com a gente.

O jogo era às 16h30, e pegamos o metrô. O Igor foi encontrar a gente lá, e eu fiquei animada, pois ele estava se enturmando com os meus amigos. Como eu previ, ele tinha feito amizade com o Lucas, por ambos gostarem de cinema, e os dois ficavam um tempão conversando sobre o assunto.

Ganhar nem sempre é chegar na frente

Quando chegamos ao clube, fomos surpreendidos por uma enorme torcida do Botafogo. Como o time da Susana era novo, quase ninguém conhecia.

– Caramba, gente! – a Mari olhou assustada para a arquibancada. – A Susana vai ser massacrada!

– Confesso que também fiquei com medo – a Ingrid lamentou. – Ai, coitada da nossa amiga!

– Calma, Ingrid! – o Caíque a consolou. – Era meio esperado que isso acontecesse. Não estamos mais no CEM, lembra? Agora a coisa ficou pesada.

– Verdade – o Eduardo concordou. – A Susana conversou ontem comigo sobre isso. Mas vamos tentar ter pensamento positivo!

– É isso aí, Edu! – vibrei. – Vamos lá, gente!

Passados cerca de cinco minutinhos, eis que um grupo de garotas eufóricas se aproxima do nosso e olha especialmente para o Eduardo.

– Você não é o cantor daquele vídeo da internet, o Eduardo Souto Maior? – uma delas perguntou.

– Sim, sou eu mesmo – ele respondeu um tanto envergonhado, mas tentando ser simpático.

– Ah, não acredito! – uma garota do grupo gritou. – Você pode tirar uma foto com a gente?

– Claro que posso.

O Lucas pegou a câmera de uma delas e bateu as fotos. Sim, no plural. Eram quatro garotas. O Edu tirou foto com cada uma delas e depois no meio do grupo. Elas saíram pulando de felicidade, o que gerou risadas na gente.

– Ai, seu famoso! – a Mari brincou. – Não consigo nem mais andar pelas ruas!

– Que exagero! – o Edu riu. – Daqui a pouco será você também, Mari.

– Ãhã! – ela fez cara de deboche. – "Oi, não é você a garota da cólica menstrual?"

– Você fica zoando seu próprio trabalho. Que feio, Maria Rita! – foi a vez do Igor. – Já contou pro pessoal qual será seu papel na peça de fim de semestre do nosso curso?

– Ai não, Igor, seu fofoqueiro! – ela fez careta.

– Ah, fiquei curiosa! – a Ingrid bateu palminhas, como sempre faz. – Conta pra gente!

– Vou ser uma bruxa manca.

– Bruxa manca? – o Edu riu.

– A bruxa da Branca de Neve não envenenou uma maçã? Pois bem, eu envenenei uma banana pra mocinha da história. Só que, por descuido, eu a deixo cair e piso nela, o que faz com que eu fique manca.

– Ai, meu Deus! Hahahaha! Que história mais maluca! – o Caíque não segurou o riso. – Só poderia ser a Mari mesmo.

– Foi o que todo mundo do curso falou! – o Igor também riu. – A bruxa manca que pisou numa banana!

– Tá debochando, né, senhor Igor? – ela cutucou o braço dele. – Por que não conta o seu papel também, hein?

– O meu? Ãããã, bom... – ele tossiu e coçou o nariz antes de falar. – Vou interpretar um boneco que ganha vida apenas na presença da princesa.

– Ah, eu achei legal! – comentei. – Um boneco mágico.

– Conta o resto, Igor! – a Mari provocou.

– Só que a bruxa manca me lançou um feitiço, e, toda vez que falo com a princesa, danço "Macarena".

– Hahahaha! Que peça mais maluca... – o Lucas riu. – Não perco isso por nada.

E o jogo estava prestes a começar! A gente se ajeitou na arquibancada e logo os times entraram em quadra. A torcida do Botafogo gritou loucamente. Olhamos um para a cara do outro e respiramos fundo.

Para a nossa felicidade, o time da CSJ Teen venceu o primeiro set. Mas foi só esse. A felicidade durou pouco. O Botafogo, como esperado, venceu o jogo. Esperamos a Susana sair, e, apesar de todo mundo estar preparado para consolar nossa amiga, eis que ela surge com um tremendo sorriso no rosto.

– Que jogão, hein, gente?

– Susana, não sei se você percebeu, mas seu time perdeu – a Mari falou daquele jeito maluquinho dela.

– Eu sei, Mari! – ela riu. – Mas perdemos em grande estilo. O Botafogo é um time excelente, só tem garotas muito bem treinadas. Aprendemos muito com esse jogo. Se a gente tivesse perdido para um time igual ou pior, aí sim eu estaria chateada. Nosso técnico falou que, com isso, ficamos conhecendo mais os nossos pontos fracos e assim podemos nos fortalecer para o próximo campeonato.

– Bom, se você tá falando dessa forma... – o Edu a abraçou. – Pensamos que você ia ficar chateada.

– Depois a maluca aqui sou eu! – o jeito de falar da Mari fez todo mundo rir. – A outra perde e fica feliz.

– A gente já esperava por esse resultado, relaxem! Estou morrendo de fome!

– Opa! Você falou a palavra-chave, Susana! – vibrei.

– Conheço uma pizzaria que tem um rodízio bem legal aqui perto – o Igor sugeriu. – Querem comer aqui ou voltar pra Botafogo?

– Ainda tá cedo, né? – o Caíque olhou para o relógio. – A gente podia comer por aqui e fazer alguma coisa diferente.

– Eu concordo! – o Lucas falou. – Depois pegamos o metrô de volta.

Ligamos para casa para avisar que iríamos lanchar. Como o grupo era grande, não haveria problema em voltar um pouco mais à noite.

Era a primeira vez que a turma estava toda reunida depois do aniversário da Susana. E com o Igor oficialmente como meu namorado. A pizzaria era ótima e fiquei aliviada de ele estar enturmado com os meus amigos. Acho que todo aquele desconforto do início por causa do Guiga já tinha desaparecido.

E, de novo, o Edu foi reconhecido na pizzaria. Mais um grupo de garotas pediu para tirar fotos com ele. O coitado ainda estava mastigando um pedaço de pizza quando elas apareceram. A Ingrid rapidamente abriu a bolsa e emprestou seu espelho para ele dar uma conferida no sorriso. Não sei o que passou na cabeça da Ingrid para ela fazer aquilo, mas foi a coisa mais hilária! A vontade era de gargalhar, mas ia ficar feio na frente das meninas. Elas poderiam interpretar que a gente estava debochando delas, mas a situação toda é que era engraçada.

Quando se sentou novamente, ele beijou a Susana, atraindo os olhares das garotas. Será que era um recado do tipo: "Oi, meninas, gosto que vocês sejam minhas fãs, mas tenho namorada"?

– Edu, e as músicas novas? – a Ingrid perguntou. – Teremos novidades?

– Teremos! Estou animado. Lembram que eu fiz aquelas fotos para uma loja de roupas? Peguei o cachê e investi em mais gravações na Estação do Som, na esperança de conseguir, quem sabe um dia, gravar num lugar maior. E vou cantar na festa junina do CEM!

– Verdade? – perguntei empolgada. – Como estou fora do grêmio, nem sei direito o que vai rolar na festa junina este ano. Vai ser muito bom, hein?

– Será que a galera vai gostar? – ele perguntou com um ar preocupado.

– Você ainda tem dúvidas? – o Lucas ficou rindo. – Depois das amostras das fãs de hoje, não podemos duvidar. Bom, pelo menos na Tijuca você é famoso! Hahahaha! Ah, sim! Não esqueçam que o clipe novo vai ter a direção deste que vos fala.

– Uhuuu! – a Mari bateu palmas. – Como vai ser?

– Segredos profissionais, minha cara... – o Lucas ajeitou a roupa, se fazendo de metido. – Você é minha namorada, mas negócios à parte.

– Poxa, será que eu, sendo de outro colégio, vou poder ir à festa junina? – o Igor perguntou. – Gostaria muito de ver o Eduardo cantando ao vivo.

– Vai poder sim! – respondi. – Podemos levar convidados. Quer dizer, na verdade vendemos ingressos, até mesmo para limitar a quantidade de pessoas, senão nem em sonho cabe todo mundo.

– A nossa festa é bem legal, Igor! – o Caíque falou. – Tem barraquinhas de comidas típicas, jogos, quadrilha e um show no final. Geralmente o colégio chama uma banda de fora, mas quem precisa disso se temos Eduardo Souto Maior?

– Vem cá, não vão me chamar para fazer parte do novo clipe, não? – a Mari fez careta.

– Você é muito gulosa, viu? – o Lucas debochou. – Dessa vez vai ser só o Eduardo.

– A Mari quer tudo! – brinquei. – Quer ser bruxa manca, a rainha do Natural Days e ainda ser Maria Microfone?

– Ei! – a Susana reclamou. – Estamos falando do meu namorado aqui, hein?

– Hahahaha! Vocês são muito engraçados! – o Igor falou.

– Você ainda não viu nada, Igor – o Lucas riu. – Aqui só tem louco.

16
Dia dos Namorados

Preciso dizer que estava imensamente empolgada com meu primeiro Dia dos Namorados com o Igor? A única coisa chata é que caiu no meio da semana, então eu precisava chegar cedo em casa, ainda mais no período de provas. Adiantei os estudos para poder ficar a tarde toda fora sem me prejudicar.

Eu queria dar de presente uma camisa bem bacana da loja preferida dele, mas infelizmente não deu. Mesmo assim consegui algo bem legal, e acho que ele vai gostar. Quando a Mari e o Lucas fizeram aniversário de namoro, ela deu coisinhas relacionadas a cinema, e, como o Igor também gosta disso, pedi a indicação da loja para ela. Tinha muitas coisas legais lá: pôsteres, camisetas, chaveiros... Mas, como amante dos livros, foi quase impossível resistir. Então, resolvi comprar o livro *O que é ser diretor de cinema*, do Cacá Diegues.

Combinamos de patinar no gelo. Parece um programa pouco convencional para o Dia dos Namorados, né? Mas foi justamente isso que nos agradou! Quem não gostaria de jantar à luz de velas? Mas no meio da tarde seria impossível. Quem sabe em outra oportunidade? Chegamos a pensar em passear no Jardim Botânico, mas escolhemos fazer algo que realmente ficasse na nossa lembrança.

Foi muito divertido! Eu estava patinando melhor que o Igor, e quase chorei de rir com as trapalhadas e com a falta de jeito dele. E, inocentes, achamos que estávamos sendo muito criativos em comemorar o Dia dos Namorados assim, mas vimos vários casais fazendo a mesma coisa! Passamos ainda por um momento de total humilhação. Duas garotas de uns 7 anos andavam pela pista como se ali fosse a segunda casa delas. A gente mal largava a grade, e elas faziam piruetas no meio da pista!

Depois de mais de uma hora de muitas risadas, tombos e bumbuns molhados, era mais do que óbvio que ficaríamos com fome. Eu precisava de um supersanduíche com batata frita. Tão bom poder ser eu mesma, assim meio gulosa, com ele! Mas, antes de comermos, trocamos os presentes. Senti um enorme alívio quando vi que ele adorou o livro que escolhi! E adivinha só o que ganhei? Dois presentes que simbolizavam as coisas de que mais gosto: um pendrive em forma de livro e uma pulseira com um pingente em forma de arroba, simbolizando meu blog.

Tudo estava indo muito bem até ele se lembrar da existência do celular. Juro que tudo que eu menos queria era arrumar confusão justamente no Dia dos Namorados. Mas, como ele me deixou falando sozinha duas vezes, eu não aguentei mais ficar calada. Procurei usar o melhor tom de voz possível para não acabar com o clima. Sabe quando você fala em tom de brincadeira, mas na verdade está furiosa por dentro?

– Posso te dizer uma coisa? Não quero parecer a namorada implicante, mas é que tô começando a ficar de saco cheio disso.

– Do quê? – ele perguntou, ainda olhando para o celular.

– Disso.

– Disso o quê?

– Do celular.

– O que tem o celular? – e continuou teclando numa velocidade incrível.

– Será que você pode parar um minutinho e olhar pra mim?

Ele parou de teclar e me olhou espantado.

– Escuta, Igor. Eu entendo que você tem muitos amigos, mas precisa mesmo ficar respondendo mensagens o tempo todo?

– Por quê? Está te chateando? – ele fez uma cara desconfiada.

– Tá sim.

– Ah, Aninha... – ele alisou meu braço e sorriu. – Você não vai ficar com ciúme do meu celular, vai?

– Não é ciúme, Igor. Mas acho um pouco de falta de consideração eu estar aqui com você e toda hora você parar para olhar o celular. Parece que quem está longe tem mais importância. Eu tô com meu celular na bolsa. Você me vê checando toda hora?

– Verdade, você quase não pega o celular. Desculpa se isso te chateou. Já falei, sou meio viciado e não prestei atenção.

– Esse seu vício já tá me incomodando faz um tempinho. Hoje é Dia dos Namorados, e seria muito egoísmo querer que você prestasse atenção apenas em mim?

– Você tá certa. Nossa, que mancada.

– Você não ficou bravo comigo? – perguntei, com o coração aos pulos.

– Não fiquei, relaxa! Vou tentar me controlar, prometo. Só vou ficar bravo se você não me deixar roubar uma batata das suas.

– Pode roubar! – eu ri aliviada. – Consegui encontrar um comilão pior que eu.

Ainda bem que depois disso não ficou um clima ruim. A gente deu mais uma volta no shopping, mas infelizmente eu tinha que voltar para casa. Ainda tinha que dar mais uma lida na apostila de química.

Eu simplesmente adoro quando ele me leva até a portaria do meu prédio. Nossos beijos de despedida são os melhores! Eu me lamentei tanto de ver o Igor ir embora depois... Eu quase, quaaaaase disse que o amava. Mas não consegui. Estamos na fase do "Eu te adoro", "Oi, meu amor", "Tô morrendo de saudades", mas o "Eu amo você" ainda não foi dito. Teria sido precipitado? Teria sido a oportunidade perfeita! Mas ele também poderia ter dito isso pra mim...

Cheguei em casa e tive a maior surpresa: minha avó tinha saído com a avó da Susana para um baile especial do Dia dos Namorados. Meu pai estava com cara de poucos amigos no sofá da sala. E minha mãe ria sem parar.

– Olha, estou surpresa, viu? – eu estava realmente feliz com isso. – Bem que a gente achava que a amizade entre as duas ia ser legal.

– Ah, você também, Aninha? – meu pai me olhou contrariado. – Uma hora ela anda pelos cantos e na outra sai toda enfeitada para um baile em pleno Dia dos Namorados? Um padrasto... Era só o que me faltava a essa altura da vida!

– Viu como seu pai é ciumento? – minha mãe ria sem parar, enquanto ele olhava furioso para ela. – Ele preferia ver a mãe bordando e reclamando da artrite.

– Pai! Não tô te reconhecendo! Um homem tão esclarecido com pensamentos tão antigos?! Minha avó merece refazer a vida. Não é o máximo ela redescobrir que pode ser feliz?

– E se ela me aparecer com um velho babão aqui?

– Você ouviu isso, Aninha? – minha mãe apontou para ele. – Velho babão?! Isso é jeito de homem desse tamanho falar? Ela foi dançar, se divertir. Não quer dizer que vai arrumar namorado no baile. Mas e se namorar? Eu acho ótimo! Uma companhia para sair, jantar fora, viajar...

– Mas ela já não fez amizade com a avó da Susana? Já não tá bom?

– Quantos anos minha avó tem? Sessenta e cinco? Sinceramente, ainda é muito nova para ficar trancafiada dentro de casa. Ela ficou assim durante três anos, pai. Já estava mais do que na hora de ela lembrar que tem direito à vida, não?

– Ah, não tá dando para conversar com vocês duas hoje! – ele levantou contrariado e foi para o quarto.

Minha mãe e eu ficamos olhando uma para a cara da outra sem acreditar. De repente ele virou um menino de 10 anos com ciúme da mãe.

Fui para o quarto ler a apostila de química, mas estava tão curiosa para saber do tal baile que esperei acordada minha avó chegar. Por volta das 23h30, ela enfim chegou. Estava com um vestido novo! Ando tão enrolada assim que nem percebi que minha avó fez compras? O vestido era azul, e foi tão legal vê-la maquiada que quase dei gritinhos.

– Vó, você tá linda! – eu a beijei.

– E velha é bonita, por acaso? – ela chiou. – No máximo ajeitada.

– Ai, que exagero! – foi a vez de a minha mãe falar. – Você nem velha é, sogra! Deixa de bobagem.

– Conta tudo, vó! Arrumou algum paquerinha no baile?

– Isso são modos, Ana Paula? – ela deu bronca para rir em seguida. – Ah, eu recebi vários convites para dançar, mas foi só isso! Apenas dancei.

– Se divertiu? – minha mãe estava empolgada.

– Sim, muito! Como eu consegui ficar tanto tempo enfiada dentro de casa? Ai, que raiva!

– Não precisa ficar com raiva, vó. Aproveita agora as suas novas amizades para sair mais. Quando será o próximo? Vai com a avó da Susana?

– Vou com ela sim! Será no sábado. Bom, estou exausta! Esse negócio de rodopiar no salão cansa, viu? Minhas pernas estão doendo. Boa noite!

Esperamos que ela entrasse no quarto para fofocar.

– E aí, mãe? O que achou?

– Estou suspeitando de que há algum par constante nessas danças, viu? – ela cochichou.

– Jura? – eu ri. – Xiiiii... O papai vai ter que se conformar com isso.

– Viu o meninão ciumento com quem me casei? Homem tem disso. Esquece que mãe também é mulher.

– Já pensou se a vovó se casa de novo? Eu ia adorar! Você viu como ela tá mais bonita?

– Ficar enfiada dentro de casa lamentando o passado não dá beleza pra ninguém, filha. Bom, vamos ver no que vai dar. Mas que esse Dia dos Namorados vai ficar pra história... Ahhhh, isso vai! – ela falou, toda animada.

17
Quer ser voluntário?

A prova de química foi muito difícil. Duvido que a nota mais alta da turma passe de 8. O professor pegou pesado. Todo mundo parecia arrasado pelos corredores. O professor César Castro passou por nós e não se conteve:

– Gente, quem morreu? – ele perguntou assustado.

– Meu boletim, professor – a Mari fez drama, pra variar. – A prova de química nos deixou arrasadas.

– Ai, que susto! – ele colocou a mão no peito para rir em seguida. – Todo mundo com cara de enterro, pensei que fosse uma coisa séria.

– Poxa, professor! – a Ingrid fez cara de coitada. – Essa é uma coisa muito séria.

– Ah, Ingrid! – ele deu um tapa na testa, como se tivesse se lembrado de algo. – Estava mesmo querendo falar com você.

– Ai, não! – ela fez bico. – Não vai me dizer que eu também me dei mal na prova de filosofia? É muita notícia ruim para uma manhã só.

– Que notícia ruim que nada! Quero te fazer um convite em nome do *Jornal do* CEM.

– Convite? – ela estranhou. – A repórter aqui é a Aninha.

– Eu sei! E ela realiza as funções muito bem. Você poderá ajudá-la, Ana Paula.

– Oba! – falei animada. – Que novidade é essa que eu não tô sabendo?

– A coordenação do CEM vai fazer a doação de alguns móveis para a ONG na qual você é voluntária, Ingrid. Eles mencionaram seu nome, e a Eulália ficou toda empolgada quando soube que um dos alunos era voluntário. Sugeriu que você fizesse um texto especial para ver se de repente mais alguém se interessa.

– Nossa, eu adorei a ideia! – a Ingrid vibrou. – É verdade. Eu sou a única voluntária que estuda no CEM. Pra falar a verdade, acho que sou a voluntária mais jovem da ONG. A maioria já é formada ou aposentada.

– O que me diz? Pode escrever um relato para o jornal?

– Eu ajudo! – me ofereci.

– Bom, já que é assim, eu topo!

– Ótimo! Se você conseguir escrever logo, colocamos no ar já na semana que vem.

A Ingrid tremia dos pés à cabeça. Nunca vi alguém tão animado e ao mesmo tempo amedrontado. Já que teríamos um tempo vago, sugeri que fôssemos para a biblioteca. Assim eu poderia ajudar com a redação do depoimento. Levamos caderno e canetas. Ela estava tão empolgada e nervosa que acabou errando duas vezes o rascunho! Na terceira tentativa conseguiu fazer. Achei que ficou muito bom!

Reaprendendo a viver
Por Ingrid da Costa Sales

Fiquei muito feliz pelo convite do Jornal do CEM para dar um depoimento sobre meu trabalho como voluntária. No início deste ano, tive a oportunidade de conhecer a ONG Reaprendendo a Viver. Como o nome diz, trata-se de uma organização não governamental, ou seja, não é planejada pelo governo, mas pelo trabalho e doação de pessoas ditas comuns, como eu e você.

Nessa ONG, ajudamos pessoas que ficaram acamadas por muito tempo e que felizmente receberam alta porque se curaram das doenças que tinham. Vários suportes são oferecidos para que essas pessoas tenham mais qualidade de vida: tratamentos de fisioterapia, fonoaudiologia, psicologia e nutrição. Além disso, atividades como dança, canto, pintura, desenho e artes em geral também são oferecidas.

Fiquei encantada com o trabalho, que é feito com muito amor e dedicação. Então, dentro das minhas possibilidades, dedico quatro horas semanais às crianças matriculadas nas atividades de artes. Adoro ficar com elas! Durante esse tempo, eu as ajudo a desenhar e a pintar. E como é bom ver a alegria de cada uma ao conseguir fazer um desenho... Seus bracinhos, ainda inchados por causa de tantas agulhas e injeções, se movem com alegria pintando coelhos, cachorros e florestas.

Esse é o serviço voluntário que escolhi fazer. Vale ressaltar que esse tipo de trabalho não é remunerado. E qual foi minha maior motivação para querer realizá-lo? A simples vontade de querer fazer algo pelo outro, de querer fazer a diferença na sociedade, mesmo que num curto espaço de tempo. No fim das contas, acho que sou eu a maior beneficiada, pois sinto uma alegria enorme.

Quer ser voluntário?

E então você pode se perguntar: "Será que posso ser voluntário? Não sei fazer nada, nem tenho formação profissional ainda". A única exigência para ser voluntário é o amor. Qualquer pessoa, de qualquer idade, pode fazer algo bom pela comunidade, basta ter um pouquinho de força de vontade. Ler para um deficiente visual ou para um idoso que não enxerga bem, ajudar a cuidar de bebês, se oferecer para criar um banco de dados informatizado, pintar a fachada da instituição, fazer coleta de donativos, organizar cestas básicas ou mesmo dar aula de reforço daquela matéria em que você mais tem facilidade. Existem muitas coisas para ser feitas.

No caso da ONG Reaprendendo a Viver, existem várias atividades aguardando sua boa vontade. Fica pertinho do Centro Educacional Machado e está de portas abertas para quem quiser conhecer.

Espero que tenham gostado do meu relato e que eu tenha conseguido despertar em vocês a vontade de fazer algo bacana. Vamos fazer a diferença?

– Parabéns, Ingrid! – eu a abracei. – Ficou ótimo!

– Jura? – ela estava espantada. – Meu primeiro artigo. Agora entendo sua emoção, Aninha. Isso é muito bom.

– E a Fada da Troca de Personalidades ataca novamente! – brinquei.

– Ah, fada danadinha! – ela riu. – Quem diria, hein? Meu momento "Repórter por um dia"!

Então, fomos interrompidas pela entrada da Susana.

– Vocês não sabem o que o Edu acabou de me contar! – ela estava até meio pálida.

– Como você conseguiu falar com ele antes do fim das aulas? – perguntei.

– Ele me mandou mensagem no celular! A produção de um reality show de música fez um convite pra ele.

– Mentira! – a Ingrid deu um gritinho, atraindo olhares na biblioteca. – Como vai ser isso? – ela se lembrou de ser mais discreta dessa vez.

– Ainda não sei. Acho que vai ser um concurso de jovens cantores e vai passar na tevê.

– E ele vai aceitar? – comecei a estalar os dedos de ansiedade.

– Ainda não sei. Ai, meninas, dessa vez eu perco o namorado.

– Ah, para com isso, Susana! – a Ingrid chiou.

– Bom, ainda não sei o que vai acontecer. Mas, pela empolgação da mensagem dele, parece que vai aceitar. Agora vai ser o Brasil inteiro me chamando de girafa e outras coisinhas fofas.

– Não sofra antes do tempo – acariciei o braço dela, na tentativa de confortá-la. – Vamos para a classe, pois a próxima aula já vai começar.

– Vou te falar, hein? – a Ingrid disse de um jeito muito engraçado enquanto andávamos pelo corredor. – Nosso grupinho é praticamente uma fábrica de celebridades. Ih, pronto! Mais um pra Jéssica dizer que é amiga íntima...

18
Internet Pop Music

Apesar de todo mundo estar enrolado com as provas, não aguentamos de curiosidade e fomos encontrar o Eduardo na lanchonete da esquina na hora da saída.

– Edu, conta tudo! Como vai ser isso? Olha só o que aconteceu com as minhas unhas! – a Ingrid mostrou as mãos. – Roí todo o esmalte.

– Calma, gente! Calma! – ele riu e fez as quatro se sentarem. – Tô tão ansioso quanto vocês. Bom, como a minha mãe está sendo minha empresária nos últimos tempos, ela recebeu uma ligação da produção do Canal Global. O reality show vai se chamar *Internet Pop Music* e vai escolher o melhor cantor jovem do Brasil.

– E qual foi o critério de escolha dos participantes? – perguntei. – Geralmente esses concursos atraem milhares de pessoas para as inscrições. Eu gosto de assistir, as audições são muito divertidas.

– Pois é, a diferença desse reality show está justamente aí. Por isso tem esse nome. Assim como eu, muita gente compõe suas próprias músicas e grava vídeos para a internet. E, mesmo sem gravadoras, consegue fazer certo sucesso na rede. O programa convidou quem mais se destacou no último ano para participar. Já que todos são amadores, mas têm talento para ser desenvolvido, essa vai ser a chance de ter aulas e oficinas com profissionais. E, como é de se esperar, depois vamos nos apresentar para um auditório e terá a votação.

– Isso quer dizer que você vai ficar confinado? – a Susana gaguejou.

– Acho que sim, Susana...

– E como vai ser com as aulas do colégio? – a Mari perguntou. – Quanto tempo vai durar?

– Acho que dois meses – pela primeira vez, ele fez cara de preocupado. – Como sou menor de idade, só vou poder participar com a autorização dos meus pais. Como logo estaremos em férias, acho que vou perder apenas o mês de agosto. Mas minha mãe ficou de vir ao CEM para conversar com a coordenação e ver como posso participar sem prejudicar o andamento das aulas e perder provas.

– Vou morrer de saudades! – a Susana tinha lágrimas nos olhos. – Mas vai ser uma oportunidade maravilhosa pra você.

– Eu sei... – ele fez um carinho tão fofo no cabelo da Susana que suspiramos. – Eu também vou morrer de saudades. Mas isso pode me ajudar muito.

– E qual é o prêmio? – perguntei.

– Bom, eu não sei direito se vai ter ou não uma parte em dinheiro, mas a gravação de um CD por uma grande gravadora é certa.

– Nem vamos acompanhar e torcer muito, né? – a Ingrid estava eufórica.

– Mas eu gostaria de pedir um favor pra vocês. Não contem nada para ninguém por enquanto. Vai que acontece algum problema com a minha inscrição? Melhor só divulgar quando estiver tudo confirmado.

Voltei pra casa correndo, pois ia estudar biologia na casa da Mari. O irmão dela prometeu dar uma força pra gente nos estudos. Tomei um banho, almocei e juntei os cadernos e livros. Quando dobrei a esquina, esbarrei no Guiga.

– Oi, Guiga. Tudo bem? – eu o cumprimentei. Ele ainda fica sem graça quando fala comigo.

– Mais ou menos. Tô preocupado com a prova de amanhã. Tirei nota baixa na outra.

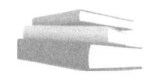

– Estou indo até a casa da Mari estudar com ela e o Alex, irmão dela. Não quer ir comigo?

– Eu? Estudar na casa da Mari? – ele me olhou espantado. – Não sei...

– Guiga, se você está em dúvida porque a gente terminou o namoro, acho que você devia deixar isso de lado e aceitar o convite. Você tá precisando dessa força. Antes de tudo, somos amigos, né? Claro que a gente se afastou um pouco, mas não somos pessoas estranhas, concorda?

– Claro, concordo. Mas e a Mari? Será que ela iria concordar?

– E por que não? Ela é sua amiga também, lembra? Olha, tô indo pra lá agora. Você sabe onde ela mora, vem encontrar a gente. Vai ser legal.

– Tudo bem – ele sorriu timidamente. – Vou passar em casa e pegar minha mochila.

Quando contei para a Mari que tinha convidado o Guiga, ela adorou a ideia. Claro, pedi desculpas por ter chamado alguém para ir a um lugar onde eu também era convidada. Mas ela nem ligou e achou que seria bom para acabar com o climinha entre a gente. Passados cerca de quinze minutos, o Guiga chegou. Como era de esperar, ele ficou meio tímido no início, mas, com o jeito maluquinho da Mari, logo já estava rindo e participando mais.

Sabe aquela enorme sensação de alívio? Desde o nosso rompimento, eu não conseguia mais conversar direito com o Guiga, pois ele sempre arrumava um jeito de fazer outra coisa, estava sempre ocupado ou respondia com monossílabos. Mas sempre foi educado, nunca foi agressivo comigo. Claro que cada caso é um caso, né? Vejo namoros que acabam quase em pé de guerra. Num dia, a pessoa posta fotos românticas e juras de amor eterno na internet. Passa um tempo e a gente vê uma tempestade de indiretas rancorosas. Mas, no nosso caso, não aconteceu nada disso, ainda bem! Então, não via motivo para não continuarmos amigos.

A prova de biologia foi bem mais fácil que a de química, então o pessoal ficou mais animado. Aquela tinha sido uma semana bem difícil e bastante cansativa.

Passei na porta da sala do jornal e o professor César estava lá dentro.

– Olá! Mais xingamentos contra mim esperando aprovação? – brinquei.

– Não! – ele sorriu. – Mas foi bom você ter aparecido por aqui.
Ele abriu a mochila e tirou um livro.
– Acho que depois daquele episódio todo, você merece conhecer minha identidade secreta – e me entregou um livro grosso de capa preta com letras vermelhas.

Eu simplesmente não acreditei que ele estava revelando seu pseudônimo para mim. Augusto Machado. O título do livro é *Uma semana antes de morrer*. Trata-se de um romance policial. Uma pessoa é assassinada em circunstâncias muito estranhas, fazendo com que todos que tiveram contato com ela na última semana se tornem suspeitos do crime. Confesso que não é muito meu estilo de literatura, mas, por se tratar do César, fiquei muito curiosa. Quem sabe eu não passo a gostar do gênero a partir disso?
– Você deve estar se perguntando por que Augusto Machado – ele fez uma cara misteriosa. – São meus nomes do meio. Eu me chamo César Augusto Machado Castro.

– Meu Deus, que coisa mais óbvia! – ri da quantidade de nomes que eu tinha fantasiado na minha cabeça. – Mas por que você me escolheu para conhecer sua identidade secreta?

– Sabia que até hoje tenho vergonha daquele dia em que te mostrei o comentário maldoso? – ele fez cara de pesar. – Assim como você, sempre me dediquei muito aos estudos. Na época do CEM, sofri muito bullying, pois era baixo e magro demais. Precisei fazer terapia para aprender a lidar com tudo aquilo, e a psicóloga recomendou que eu escrevesse para desabafar. No início, fiz um diário, mas comecei a achar muito chato. Era como se eu revivesse toda aquela humilhação o tempo todo. Então resolvi criar histórias. Gostei de criar personagens e colocar neles todos os meus anseios, frustrações, mas também os meus maiores desejos. Funcionou muito bem.

– Nossa, que história incrível!

– Depois fiquei mais velho, entrei para uma academia, meu corpo mudou, e na faculdade pararam de pegar no meu pé. O que justamente era meu maior incômodo na época da escola foi o que mais me ajudou a fazer amizades, ou seja, gostar de estudar. Esse livro foi o primeiro que publiquei, estava no segundo ano do curso de letras. Acho que ainda estava traumatizado por conta de tudo o que sofri e resolvi colocar meu nome do meio. Fiquei com medo de ser ridicularizado mais uma vez, não queria que me reconhecessem. Mas, ao contrário do que eu imaginava, o romance foi muito bem aceito. Como eu já tinha ficado de certa forma conhecido com esse nome, resolvi publicar os outros dois do mesmo jeito.

– E não pretende revelar a verdade um dia?

– Ainda não sei. Acho que aquele garoto amedrontado não existe mais. Imagina o susto que muita gente vai tomar se um dia eu disser que sou eu!

– É interessante você ter voltado para o local onde sofreu tanto.

– Mais uma forma de exorcizar meus demônios. A culpa não é do lugar, mas das pessoas. Eu devia ter denunciado o que sofria, mas resolvi me calar. Gosto de ser professor e, apesar das lembranças não tão boas, me sinto bem aqui.

– Vou ler com todo o carinho, prometo! E também prometo guardar seu segredo.

– Obrigado por compreender. Deixe a leitura para as férias. Quando voltarmos, em agosto, quero saber sua opinião.

Escondi o livro na mochila antes que alguém visse. O fato de eu conhecer sua identidade secreta fez com que eu me sentisse parte do romance policial. Que loucura! Se ele soubesse como as meninas iam adorar isso... Quem sabe um dia ele não muda de ideia?

19
A Bruxa Manca e a Princesa Pé de Pato

A apresentação da peça de teatro do Igor e da Mari, no fim do semestre, estava lotada! Amigos, pais e responsáveis estavam curiosos sobre o que estaria por trás do título *A Bruxa Manca e a Princesa Pé de Pato*.

Todo mundo foi assistir, e tivemos a sorte de pegar os assentos da terceira fileira. Assim veríamos as atuações bem de perto.

Foi usado o teatro do próprio curso. É um lugar bem amplo e muito bonito. Seria a primeira vez que eu veria o Igor atuando. Já tinha visto durante o curso uma vez, mas todo caracterizado, em um palco e com uma plateia enorme, seria a primeira vez, e em grande estilo!

Pontualmente às cinco da tarde, a peça começou. Meu coração batia acelerado.

Como era de esperar, a peça era hilária. Era uma sátira de vários contos de fadas: "Cinderela", "A Bela e a Fera" e outros. A princesa era chamada de pé de pato porque calçava 43. Como tinha pés enormes, andava meio desengonçada, pois não admitia comprar sapatos grandes e ficava com os pés apertados em números menores. Ela se apaixonou pelo homem mais feio da cidade, e nem ele queria saber dela. Para conquistá-lo, pediu a ajuda da bruxa, a Mari, para diminuir o tamanho dos seus pés. Quando a bruxa apareceu em seu quarto, descobriu que seu boneco mágico, o Igor, havia fugido e que agora pertencia à princesa. Como pagamento pelo feitiço, exigiu seu boneco de volta. Como a princesa se recusou a devolvê-lo, a bruxa enfeitiçou uma banana, porque a princesa era gulosa e adorava bananas. A bruxa esperava então que, quando ela comesse, seus pés ficassem ainda maiores. Mas, como era muito atrapalhada, a bruxa acabou derrubando a banana no chão e pisando nela sem querer. O feitiço se voltou contra ela, que acabou ficando manca da perna esquerda. Como o boneco ficou rindo da situação, ela jogou um feitiço nele para que dançasse "Macarena" dez vezes por dia.

Não sei o que era mais engraçado, a Mari vestida de bruxa com narigão e mancando de uma perna, ou o Igor dançando sem parar. Foi uma das peças mais loucas que já vi. Quando terminou, todo mundo aplaudiu de pé.

Como era de esperar, o teatro estava cheio de parentes dos alunos. E, claro, os pais e os irmãos do Igor estavam lá. Eu já tinha visto fotos deles no perfil dele na internet, mas nunca os tinha visto pessoalmente. Esperamos o Igor sair e ele me apresentou para a sua família. Minhas mãos estavam geladas!

– Oi, gente! – o Igor abraçou os pais e os irmãos para então se voltar para mim. – Essa é a famosa Ana Paula. Podem chamá-la de Aninha. Amor, esses são meus pais, Vitória e Jairo. Meus irmãos, Iago e Iran.

– Eu, famosa? – ri, meio sem jeito. – Prazer em conhecer vocês.

– Até que enfim o Igor tomou vergonha na cara e nos apresentou pra você! – o Iago brincou. – Eu até pensei que você fosse de mentira.

– Ai, meu filho! – a dona Vitória deu uma bronquinha, mas sorrindo. – Assim a Aninha vai pensar que somos mal-educados.

– Tá bom, mãe. A gente finge que é educado só por hoje – foi a vez do Iran. – Senão vamos espantar a pobre garota.

– Estamos querendo jantar para comemorar a peça, Aninha – o senhor Jairo colocou a mão sobre meu ombro. – Não vamos aceitar não como resposta, você vem com a gente.

– Claro. Eu vou sim! – sorri, tentando esconder o nervosismo.

Liguei pra casa para avisar que demoraria para chegar, mas que os pais do Igor me deixariam em casa. Eles escolheram um restaurante em Laranjeiras mesmo. A gente foi a pé, pois ficava a duas ruas do curso. Era um lugar bem legal, todo decorado com cores claras. Eu estava tão nervosa que escolhi o menor prato do restaurante. Pedi frango grelhado com batatas coradas, enquanto a família toda pediu pratos enormes. O interessante é que todos comem muito, mas são magros.

Eles me trataram superbem. É impressionante como o Igor é diferente de todo mundo. Não na aparência, mas na personalidade. Os três irmãos, contando com ele, claro, são muito parecidos fisicamente. O Iago e o Iran são brincalhões como o Igor, mas vivem em um universo completamente diferente, já que os pais são dentistas e os dois irmãos mais velhos estão fazendo faculdade de odontologia. Ele é a "ovelha negra" da família.

A mãe trabalha com crianças e o pai é ortodontista. Seus irmãos querem se especializar em prótese e implantes dentários. Pelo visto, logo terão uma clínica familiar. Eles falavam do trabalho com empolgação. Mas, apesar de achar interessante, nunca me daria bem nessa profissão.

Duas ruas adiante ficava o prédio do Igor. Seu pai e seus irmãos subiram, e a mãe foi pegar o carro na garagem para me levar para casa. Ela era bem simpática, mas era a mais quieta de todos. Imagina ser a única mulher dentro de casa? Quatro homens falando sobre futebol e assuntos masculinos diversos. Ela tentou me deixar muito à vontade, mas, quando coloquei os pés dentro de casa, dei um suspiro de alívio. Tinha passado pela primeira experiência com a família do meu namorado.

Quando contei para a minha mãe que tinha jantado com a família do Igor, ela fez um discurso de que agora ele teria de vir aqui em casa. Prometi marcar o mais rápido possível, para ela parar de falar tanto nos meus ouvidos.

Então, troquei de roupa e me preparei para dormir. Quando voltei do banheiro, havia uma mensagem do Igor no celular:

> Arrumou um fã-clube aqui em casa, viu? Tô até com ciúmes. Boa noite, meu amor. Adorei tudo hoje, especialmente você por perto. Bjs

Existe coisa mais legal no mundo do que ir dormir com um sorriso no rosto?

20
A melhor festa junina!

Dia 29 de junho, dia de são Pedro. Data escolhida para a festa junina do CEM, logo após o fim das provas. E, depois disso, férias! Bom, mas só para quem obteve a média dos dois bimestres. No meio do ano, o CEM promove uma recuperação de dez dias, para quem precisa melhorar as notas. Todo o meu grupo de amigos tinha alcançado a média, então teríamos trinta dias de merecido descanso.

A festa foi marcada para três da tarde, e várias barraquinhas estavam espalhadas pelo pátio e pelos corredores. As crianças estavam empolgadas com as típicas barracas de pescaria e de derrubar latas. Preciso dizer que as de comida eram as minhas preferidas? Hummm... Cocada, pé de moleque, milho cozido, pamonha e bolo de fubá.

Nossa apresentação de jazz estava marcada para cinco da tarde, no ginásio. Éramos vinte garotas no total, e, claro, a Mari estava dando chiliques.

– Eu vou errar a coreografia! E ainda vou enfiar o dedo no olho de uma delas, como já fiz uma vez, ou derrubar alguém.

– Realmente, Mari – a Ingrid debochou –, arte dramática é o seu destino.

– Vai dar tudo certo! – comecei a rir da cara de invocada que a Mari fez para a Ingrid. – Ainda mais com essas roupas que estamos usando. Vai ser perfeito.

Ensaiamos a música "Baião", do Luiz Gonzaga, por quase dois meses, então não tinha como errar. E eu tinha simplesmente amado usar a roupa da apresentação. Era branca e vermelha e tinha ainda um chapéu de cangaceiro, imitando o estilo do Luiz Gonzaga.

– Onde está a Susana? – a Mari perguntou.

– Deve estar com o Eduardo nos bastidores da apresentação dele. Ele vai cantar logo depois da nossa dança – a Ingrid deu uma mordida numa cocada, se esforçando para não estragar a maquiagem.

– Ai, não! – a Mari botou a mão no peito. – Se ele vai cantar logo depois da nossa apresentação, isso significa que as meninas assanhadas já estarão guardando os melhores lugares. O ginásio vai estar lotado! Mico, mico, mico...

O Igor já estava totalmente enturmado com o Lucas e com o Caíque, e eles tinham ido dar uma volta pelo CEM enquanto a gente acabava de se arrumar. Quando chegamos ao pátio central, o Marcos Paulo me entregou um bilhete do Correio do Amor. Ele era um dos cupidos espalhados pelo colégio. As pessoas pagavam uma quantia bem pequena pelo recado e o cupido entregava o bilhete em forma de coração para a pessoa escolhida. Mas ele não podia revelar quem era o remetente. Abri o coração de papel e encontrei a seguinte mensagem:

> SABIA QUE VOCÊ É A
> CANGACEIRA MAIS BONITA
> QUE JÁ VI NA VIDA?

Contei para as meninas o que estava escrito e elas começaram a me zoar. Quando vi que os meninos estavam se aproximando, meu instinto fez com que eu escondesse imediatamente o bilhetinho.

Será que quem mandou não sabe que tenho namorado? Fiquei tão nervosa que precisei de um cachorro-quente duplo. Como ninguém quis comer nada, fui sozinha até a fila do caixa e eis que outro cupido me entrega mais um Correio do Amor. Olhei para o grupo e todos estavam conversando, distraídos.

> EU NÃO CONSIGO PARAR DE
> OLHAR PRA VOCÊ. SERÁ QUE
> VOCÊ VAI GOSTAR DE MIM
> QUANDO EU ME
> REVELAR?

Ai, meu Deus! Quem é essa pessoa louca que vai me meter em apuros?

Peguei o cachorro-quente e – eu juro! – devorei com umas cinco mordidas.

– Caramba, Aninha! – o Igor riu de mim. – Esse nervosismo todo é por causa da apresentação? Nunca vi alguém comer um cachorro-quente daquele tamanho tão rápido.

– Amiga! – a Ingrid fez uma careta e apontou para o próprio rosto. – Vai correndo retocar a maquiagem que vamos nos apresentar daqui quinze minutos.

Corri para o banheiro, e, quando estava quase terminando de passar o batom, eis que surge um terceiro cupido com mais uma mensagem. Gente! No banheiro?

> NÃO AGUENTO MAIS ESPERAR.
> NA PRÓXIMA MENSAGEM,
> VOU REVELAR QUEM
> EU SOU.

Meu coração começou a bater acelerado. Esse louco vai melar meu namoro! Será que ele não vê isso? A garota que estava se fazendo de cupido já estava quase saindo do banheiro quando eu a agarrei pelo braço.

– Por favor, me diga quem mandou isso! – implorei.

– Infelizmente não posso dizer.

– Olha, preciso de um favor. Eu não quero mais receber esses bilhetes, você tem como dizer pra ele não me mandar mais?

– Quantos você já recebeu? – ela riu do meu desespero, como se tivesse alguma graça. Bom, pra ela era engraçado, né?

– Esse é o terceiro, mas você é a terceira pessoa diferente que me entrega.

– Xiiii... vai ficar ainda pior. Somos vinte cupidos. Ele com certeza pagou para cupidos diferentes de propósito. Não tenho como saber quem vai entregar o próximo. Boa sorte!

Ela saiu rindo sem parar. E eu fiquei com vontade de me esconder no banheiro até o fim da festa. Meu celular vibrou, era uma mensagem da Mari:

> Tá viva? Ou desceu descarga abaixo?
> Vamos logo pra quadraaaaaa!

Não tinha jeito. Fui ao encontro deles, e, enquanto a gente caminhava para o local da apresentação, o Igor falou comigo enquanto tirava algo do bolso.

– Aninha, um garoto com um crachá de cupido veio te entregar um bilhete, mas, como ele não podia entrar no banheiro feminino, perguntou se podia deixar comigo. Que história é essa de Correio do Amor, hein? Que cara mais abusado! Ele não vê que você tem namorado?

Por baixo de toda aquela maquiagem, eu certamente tinha ficado branca feito cera! Eu estava perdida!

– Ah, Igor! Deve ser brincadeira de alguém. Pode jogar fora, nem quero ver.

– Como assim? Jogar fora? Não posso jogar fora algo que não é meu. E, além do mais, fiquei curioso pra saber o que tá escrito.

– Pois eu não estou nem um pouco curiosa! – fingi total descaso, quando na verdade eu queria matar o desgraçado que estava me deixando em apuros. – Com certeza é brincadeira de algum desocupado da minha classe. Não quero, pode jogar fora.

– Bom, já que é assim, vou jogar fora, mas antes vou ler.

Ele parou e abriu o pequeno coração. A minha respiração parou junto com ele. O Igor leu e me olhou com uma cara confusa.

– Eu acho que você me deve explicações – ele falou sério.

– Não tô entendendo...

– Faço questão que você leia – ele esticou o braço para me entregar.

Com a respiração ofegante, abri pequeno coração:

> NÃO PODIA MAIS ESPERAR PRA
> DIZER QUE TE AMO. ESSA FOI A
> MANEIRA QUE ENCONTREI PRA
> TE SURPREENDER. E VOCÊ?
> TAMBÉM ME AMA?
> IGOR

Posso matar meu namorado? Senti que meus olhos se encheram de lágrimas e respirei aliviada.

– Eu também te amo, seu pregador de peças!

Ele riu e me abraçou forte. Eu queria beijá-lo, mas ia borrar toda a minha maquiagem.

– Nunca vi uma pessoa tão apavorada recebendo bilhetinhos de amor.

– Como eu podia adivinhar que era você o tempo todo? Pensei que era um doido querendo melar nosso namoro.

– Como eu me diverti com as suas tentativas de disfarçar. Hahahaha! Aninha, você realmente não leva o menor jeito para ser atriz.

– Apesar de todo o estresse que você me fez passar, adorei a surpresa, seu doidinho. Preciso ir agora. Torça por mim!

Nossa apresentação foi muito divertida! Eu estava eufórica por causa da apresentação e também pela declaração do Igor. Não estava cabendo em mim de tanta felicidade.

Em seguida, o Eduardo cantou com a sua banda. O ginásio estava lotado, e foi com muita emoção que todo mundo cantou "Dentro do coração". Ele ia cantar uma música inédita, mas preferiu não divulgar, por causa do reality show. Como ele já tinha assinado contrato e foi autorizado pela produção do programa, contou que participaria do *Internet Pop Music*, antes de se despedir. Foram tantos gritos e aplausos que pensei que o ginásio ia desmoronar. Olhamos para a Susana, que devolveu um olhar assustado para a gente. Pelo visto, os próximos dois meses seriam de grandes emoções.

A melhor festa junina!

Quando estávamos saindo do ginásio, uma grande surpresa: vimos o Guiga saindo de mãos dadas com a Gláucia. Pelo visto, eles estavam namorando! No fim das contas, ela gostava do Guiga? Não era com o Igor que ela queria ter ficado? Ah, eu estava muito feliz para esquentar minha cabeça tentando entender aquela garota. Apenas lamentei que o Guiga tivesse escolhido tão mal... Juro que não estava com ciúme do meu ex-namorado com outra. Mas eu não ia me meter, afinal não era problema meu.

No dia seguinte foi o aniversário da vovó. Como de costume, fizemos um almoço bem gostoso para ela. E, na mesa, dois lugares extras! Um para o Igor, que visitaria minha casa pela primeira vez. E o dono do segundo lugar tinha acabado de tocar a campainha.

– Queridos, quero apresentar o Gilberto pra vocês!

A vovó estava muito linda e elegante num vestido verde com detalhes pretos. Quando ela falou que tinha conhecido o Gilberto em um dos bailes, meu pai surtou de ciúme. Mas depois teve de se conformar. E o almoço de aniversário foi a data escolhida para que ele conhecesse toda a família. Ele tinha uns 70 anos, mas aparentava muito menos. Era tenente da marinha aposentado, também viúvo e tinha grandes histórias para contar.

Aquele domingo foi o mais marcante dos últimos três meses. Eu estava feliz demais!

A cada dia crescia ainda mais a vontade de me tornar escritora, eu estava adorando ser repórter do jornal, amava e era correspondida. E pela primeira vez eu sentia uma felicidade enorme por causa da felicidade de outra pessoa. Minha avó estava renascendo das cinzas, como a fênix! E, relembrando o texto que escrevi na viagem de ida para Porto Alegre, vi que não existe idade certa para ser feliz! Duas gerações da mesma família estavam provando que é mais do que possível ser feliz *andando nas nuvens...*

Conheça os primeiros livros da série As MAIS

Conheça o Blog das MAIS!

Acesse: www.blogdasmais.com